VICKY HERNÁNDEZ RODRÍGUEZ

Cartas de una Demente

Vicky Hernández Rodríguez nace en Bayamón, Puerto Rico. Tras terminar su bachillerato en la Universidad Central de Bayamón, se dirige a la Universidad Metropolitana de Cupey y termina una maestría en Educación. **Cartas de una Demente** es su primera novela. Actualmente reside en Estados Unidos junto a su esposo e hijas.

Título: Cartas de una demente
Reproducido por CreateSpace Independent Publishing Platform
Diseño de portada: Yamira Hernández/ Spelling Stories Editorial
Ilustraciones: Fabiola Ávila
Diseño de interior: Yamira Hernández Rodríguez

©2017, Vicky Hernández Rodríguez

Derechos mundiales exclusivos en español
Publicados Mediante acuerdo con Spelling Stories Editorial, PO Box 80387, Billings, MT, 59108

© 2017, Editorial Spelling Stories
Bajo el Sello Editorial, Spelling Stories
www.spellingstories.com

Primera edición: septiembre de 2017
ISBN: 978-0-9994114-0-7

Impreso y hecho en Estados Unidos- Printed and made in United States

Cartas de una Demente

Cartas de una Demente

VICKY HERNÁNDEZ RODRÍGUEZ

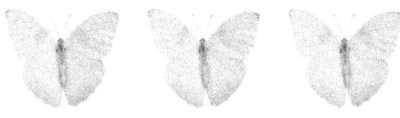

A MI PADRE

Por ti, todo es posible.

"La vida no es la que uno vivió, sino la que uno recuerda, y cómo la recuerda para contarla"

GABRIEL GARCÍA MÁRQUEZ

Vivir para contarla

Cartas de una Demente

TABLA DE CONTENIDO:

Capítulo 1

Se preguntaba cuántas vidas silenciosas habrán pasado en las que los seres humanos guardaron en su mente aquello que el corazón se moría por decir, pero que la cordura sepultaba por siempre. Meditaba en todas las veces que aspiró tener una vida excitante ya que pensaba que no era nada *chic* trabajar arduamente en una barra durante seis días a la semana.

A pesar de que cada momento era igual, esa noche, Anabelle ardía de coraje porque no podía entender por qué Sergio se empeñaba en dejar la puerta del cuarto de baño abierta mientras defecaba descaradamente en un inodoro decorado con flores sobre una peluda alfombra color de rosa. Es que para ella, era insoportable tener que admitir que secretamente admiraba el hecho de que a Sergio se le daba muy bien el poder ir al baño a vaciarse cada vez que ingería cualquier alimento, mientras que, por su parte, tenía que masajearse el trasero para lograr libertar lo poco que podía, una vez a la semana. Aún más, le pesaban las bromas que hacía Sergio cuando era el turno de ella para usar al inodoro, pues éste acostumbraba sacar un sombrero de cartón colorido con los que se suele despedir el fin de año y pararse detrás de la puerta cerrada del baño a cantar y celebrar porque decía que era todo un privilegio ser testigo de las pocas veces que sus tripas se ponían de acuerdo para dejarla ir al baño.

- *¡Lárgate, Sergio! ¿Por qué te empeñas en querer*

celebrar un proceso tan natural como ir a cagar? – una voz aguda y repleta de agonía se dejaba escuchar.

Al sonar tan molesta, Sergio reía a carcajadas, pero Anabelle había decidido comenzar a ignorarlo por completo para que no le quedara más remedio que dejarla tranquila. Así que entra a la ducha para, posteriormente, prepararse e ir a *El Palacio del Ron*, una modesta barra en la que llevaba laborando por los pasados tres años de su vida. No le molestaba trabajar allí por las buenas propinas que recibía, pero la verdad es que pensaba que había sido toda una pérdida de tiempo el haber estudiado tanto para alcanzar su Doctorado en Leyes, y que a sus veintinueve años, solamente su Diploma le hubiese servido para generarle un gasto más al tener que comprarle un marco de fotos para colgarlo en la pared de su sala, para que así no se le olvidara dónde rayos lo había puesto, ya que la falta de memoria era algo que la caracterizaba muy bien.

Sin duda alguna era una mujer hermosa. Tenía una corta cabellera azabache que parecía nunca ser visitada por un cepillo, pero aun así lucía muy acorde a los gustos del momento. Para ella, la moda, no era aquello que todos usaban. Más bien, era todo lo que fuese color morado. Quienes la conocían, no se asombraban al verla usando este color, pues su obsesión era tanta que si se vestía con una camisa morada, su ropa interior y su colonia tenían que estar en total sincronía con lo demás. Alguna vez, mientras estuvo sentada en una clase de Psicología en sus años universitarios, el doctor Evaristo Cartagena le pidió que se uniera a un grupo de alumnos para trabajar con ellos y no aceptó. Susurrando al oído del profesor, le dijo que sentía vergüenza de que sus compañeros la vieran tan desacordada ese día. El doctor pensó que estos eran son solo pretextos para no trabajar, pues ya había podido darse cuenta en clases previas, que ella dejaba de atenderlo por mirarse en el espejo y retocar su maquillaje. Intentando razonar, este le dijo que era parte de ella lucir muy presentable y que si existía algún otro motivo por el que no deseara unirse a sus compañeros, que se lo dejara saber. Ella pensó que su profesor estaba siendo muy amable y que le estaba brindando su confianza, así que debía hablarle con la verdad. Fue entonces cuando abrió su boca para decir que todo iba muy bien hasta llegar a la Universidad, pues cuando se había estacionado, una amiga suya la acaparó y le quiso vender una fragancia nueva, y tomándola por sorpresa, la había roseado, depositando el aroma sobre su cuerpo.

Anabelle, se había dado cuenta que su historia solo había logrado confundir más al profesor Cartagena. Fue entonces cuando añadió que el problema era que ese día ella estaba usando accesorios morados, por lo que su colonia debía ser del mismo color. La que ahora vestía su cuerpo era verde y esto le había provocado ansiedad. Por esto, no podía concentrase en nada más que no fuera en una magnífica diligencia que resolviera el enorme trauma que ese maldito atomizador le había provocado. Al decir esto, suspiró sintiéndose aliviada. Resultaba ser que juraba que su confesión había disipado cualquier mínima duda que estuviese estacionaria en la mente de aquel respetado diputado educativo.

El profesor pensó que Anabelle le estaba gastando una desagradable broma para burlarse de él, ya que todos disfrutaban viéndolo enfurecido, pues les parecía cómico su agudo acento italiano que utilizaba al gritar. En medio de su ira, Evaristo Cartagena, le gritó que ella era *Obsesiva-Compulsiva* y que debía largarse del salón. Cualquier persona se hubiera sentido avergonzada de tales palabras, pero Anabelle pensó que la habían diagnosticado gratuitamente, pues durante toda su vida su madre había pensado igual que su profesor y las palabras de Cartagena le resultaron muy familiares. Así que sintiéndose afortunada por haber recibido un diagnóstico gratuito por parte de un licenciado en Psicología, decidió patentizar su condición y cada vez que alguien le decía que era muy perfeccionista en lo que realizaba, por no decirle peores cosas, ella le respondía que se debía a que era *Obsesiva-Compulsiva* y sonreía al contestar.

Precisamente por sus manías, Anabelle había comenzado a sentirse incómoda, al no poder encontrar sus pantaletas azules que irían a la perfección con su coqueto sostén de lazos morados; los que deseaba utilizar para poder irse a trabajar . Enfáticamente, comienza a buscar en la montaña de ropa sucia que Sergio formaba hasta hacerla crecer a tamaños descomunales, para ver si allí encontraba la prenda que le devolvería la paz. De cuclillas y para su sorpresa, se percata de una hoja que con lentitud, como llevada por el destino, había caído en el suelo, muy cercano a su rodilla. La toma y la guarda detrás del brassiere que llevaba puesto, no sin poder detener la ola de pensamientos mezquinos que ya la estaban asaltando.

Con base y fundamentos, Anabelle tenía motivos de sobras para desconfiar de Sergio, pero a pesar de muchas altas y bajas, había decidido quedarse junto a él y luchar por su unión. Esta nota encontrada, le hacía pensar que no debía sentirse culpable ahora por todos los amantes furtivos que había tenido durante los cinco años de relación que llevaba con Sergio. Todavía no le encontraba lógica al hecho de quedarse al lado de una persona, si esta le había fallado y en venganza le habías pagado igual. Pero todos estos argumentos se desmoronaban cuando se acordaba de las lágrimas que había derramado por cada una de las faltas de Sergio. No podía negar que él era un buen proveedor, un buen amante y un magnífico padrastro para su hija, pero su instinto animal lo llevaba a arrastrarse muy bajo cada vez que pensaba con su cabeza inferior.

Ahora pensaba que quizás esa nota sería una evidencia de las malas andanzas de su marido. No quería precipitarse a juzgar, pero qué otra cosa podía hacer hasta tanto verificara el contenido de la misma. Pensó en llegar a su trabajo y leerla allí, pero como siempre, su coraje le ganó la batalla a la prudencia y comenzó el ataque.

Inició un severo interrogatorio sobre el barato perfume que tenía el papel. El asustado hombre se quedaba en silencio sin sucumbir ante los reclamos de su esposa.

Sergio ya estaba acostumbrado a los arranques de malhumor de Anabelle y practicaba la clásica filosofía de que para pelear se necesitaban a dos personas dispuestas a entrar en acción. Era una técnica que enojaba muchísimo más a su mujer, quien pensaba que era una falta de respeto para la relación el que su esposo no mostrara ninguna disposición de arreglar los problemas que les aquejaban y se sentía miserable al pensar que este, el hombre que prometió amarla por siempre, había perdido el interés que algún día lo atrajo hacia ella.

De pequeño, había aprendido que no era buena idea el que ningún miembro de la familia saliera de la casa enojado con otro, pues la vida traía sorpresas y pudiera ser que al irse jamás volvieran a verse y esto, sería motivo suficiente para lamentar el resto de la existencia. Jamás podría olvidar cómo había perdido a su padre siendo muy joven aún, cuando no tenía la madurez de hoy y pensaba que la vida era eterna. A pesar de que Sergio había visto morir a otros, la muerte de Lorenzo, fue la primera experiencia que lo hizo crecer. Fue una mañana de abril de hace un poco más de una pasada década, en la que Sergio se disponía para ir a la escuela y prefirió irse con sus amigos caminando antes de subir una vez más al destartalado vehículo aquel que tanto lo avergonzaba. Lorenzo insistía en la seguridad de su hijo, pero este pensaba que eran idioteces de su padre para sobreprotegerlo a pesar de que ya no era un niño. Le dijo que ya no se metiera en su vida y que quería saber por qué la vida lo había odiado tanto para darle un progenitor como el que tenía. Sergio desconocía que la amenazante pérdida de peso que tenía su padre era a raíz de un cáncer que ya le había arropado cada esquina de su cuerpo, pues Lorenzo coordinaba sus citas médicas en el horario que su hijo no se encontraba en casa. Esa mañana, visitó a su médico como de costumbre y decidieron hacerle una transfusión de sangre de emergencia sin pensar que por complicaciones posteriores, esa visita médica sería la final.

Al llegar a casa, Sergio se percató de la ausencia de todos en el hogar y una vecina fue la portadora de las malas noticias. Se prometió que esto no volvería a sucederle jamás y por esto, se dirigió hacia donde estaba Anabelle, apretando su mano para arrebatar la nota de la discordia y mostrársela abierta. Era una inocente imagen que Raiza había dibujado para él junto a una nota de perdón que había escrito al dorso.

Sabía que había cometido un gran error al juzgarlo por una carta que su propia hija le había escrito a su esposo, quien prácticamente se había encargado de su crianza por los pasados cinco años. Pero no era momento para retractarse y pedir perdón. Eso no era parte del repertorio de talentos de Anabelle, quien jamás aceptaba sus faltas y le era imposible ofrecer disculpas. Se moría de tristeza, pero prefería mantener su guardia armada como mecanismo de defensa y auto-protección. Así que buscando otras veinte excusas para salir triunfante del lío que ella misma había protagonizado, decide simplemente, dar la espalda e irse a trabajar.

Vivía en una sencilla urbanización sin control de acceso, muy alejada de la zona rural, ya que el estilo campesino no encajaba con sus aspiraciones y estilo de vida. Era una calle que contaba con unas cuarenta casas aproximadamente, por lo que era muy común que todos los rostros de los residentes le resultaran conocidos. Se había mudado allí al separarse de su primer esposo, quien la había despojado de todo al momento del divorcio. Era una casa rentada a muy buen precio y ya se las había ingeniado para que el agua y la luz corrieran a cuenta del demonio. Durante los primeros dos años vivió en compañía de su única hija, y luego abrieron las puertas de su hogar a Sergio, quien decidió ser parte de la familia a tan solo dos días de haber conocido a Anabelle. Desde entonces, habían transcurrido cinco años.

Al doblar la esquina que le proveía acceso a la vía principal que la llevaría a su trabajo, Anabelle se estaba regañando por lo impulsiva que siempre era con todos, aunque debería importarle más que la mayoría de las veces se trataba de Sergio. Pensaba que ese incidente, momentos atrás, la estaba haciendo sentir tan culpable que habría jurado que un hombre la observaba desde que salía de su hogar. Se detuvo ante la luz roja del semáforo, pero ansiosa de que esta se tornara verde y así poder ganar unos minutos de ventaja a la hora de entrada de su trabajo y conversar con sus compañeras, pues tal vez así se olvidaría de lo ocurrido. Cuando cambia la luz del semáforo, una jovencita cruza la calle rápidamente provocándole un vuelco al corazón de Anabelle quien no paraba de maldecirla por el mal rato y el susto que le acababa de hacer pasar. Cuando baja el cristal para poder insultar mejor a la joven, se da cuenta que se trata de Melanie. Le llamaba "la putita". Se había ganado el seudónimo por las miles de historias que se podían contar sobre sus andanzas, aunque también por lo coqueta que se tornaba la joven cada vez que veía a Sergio lavar los autos de la casa cada domingo. El clóset de este contaba con docenas de camisas recatadas que su esposa había escogido minuciosamente en un bazar de baja calidad. La intención de estos regalos era hacerlo lucir muy desagradable ante el apetito sexual de vecinitas como esta.

Melanie no pasaba de los catorce años de vida, pero siguiendo el ejemplo de su tía Sofía, quien era su compañera de aventuras, ya había logrado que su reputación fuera más conocida que la historia de la Caperucita Roja. Ante la histeria de la casi infartada mujer, Melanie se detiene y la saluda con su dedo largo apuntando al cielo, acompañando el gesto con una agarrada magistral de vagina, mientras que con una infantil voz le decía elegantemente *Chúpame esta, zorra*. Sin esperar, que la ofendida conductora saliera a perseguirla, Melanie comenzó una carrera de maratón, sin darse cuenta que con la huida había dejado caer la caja de profilácticos que seguramente necesitaría hoy a la medianoche cuando su novio entrara por su ventana y su madre estuviese dormida a causa de todas las drogas recetadas que le servían para calmar su estado esquizofrénico.

Anabelle se alegró de recoger la caja y pensar que un posible nuevo ciudadano nacería en nueve meses y destruiría la perfecta figura que la joven tenía. Por un momento recordó que su juventud, tampoco, había sido el mejor ejemplo a seguir. Tenía mucho de Melanie en su pasado. Quizás por esto la detestaba tanto. Tal vez, era algo más.

Esa extraña sensación de que alguien la observaba seguía en su cabeza. Pero darle paso a siniestro pensar no era tan efectivo cuando aún faltaba un tramo para llegar a su destino y en caso de necesitar ayuda, sería muy difícil conseguirla.

Comenzó a reír al recordar que cuando era apenas una niña, solía enojarse con sus hermanas mayores y luego esconderse en el clóset de su papá. En su escondite siempre tenía guardado una caja de tizas de colores que solía colocar dentro de los zapatos olvidados de su padre. Y como poseída por espíritus malignos, Anabelle dibujaba seres espantosos a los que bautizaba con los nombres de sus hermanas y les añadía colmillos y cuernos, aunque según ella, solo era por darle un efecto decorativo. Debajo de estos, escribía todos los secretos de sus hermanas con la intención de que fueran descubiertos por su padre y este les diera a su nombre la paliza que ella no podía ofrecerles al estar en desventaja de cuerpo, estatura y edad. Como sabía que sus dibujos no serían encontrados a tiempo, decidía darle una ayudadita a su padre a la hora de escoger la ropa que se pondría para ir a la Iglesia. Casualmente, siempre le sugería que sacara las camisas que se encontraban junto a la pared de sus recientes dibujos. Luego se sentaba a reírse por días cuando veía a sus hermanas peleando entre sí creyendo que una había delatado a la otra, sin imaginarse que era su malévolo arte el que llevaba la secreta información.

Como si fuera poco, disfrutaba de colocar los cachorritos del hogar en la nevera, detrás de los envases plásticos de la leche. Su madre desesperaba, imaginaba que los perritos se habían escapado. Con el paso de cada minuto, no le quedaba otra alternativa que intentar olvidarse de los canes, e iba a la cocina, y al abrir la nevera veía a los perritos temblando de frío detrás de la leche. Se preguntaba por qué su pequeña niña era tan perversa, pero Anabelle solía responderle que los hijos eran reflejos de sus padres y que seguramente ella había heredado mucho de ellos, y hoy les tocaba pagar por todo lo malo que hicieron en su niñez.

Y si de historia de animales se trataba, una de las mejores que aún conservaba la cabeza de Anabelle, era aquella sobre conejos. Una de sus hermanas fue premiada por sus buenas notas con un hermoso y diminuto conejo. Anabelle trajo ante sus padres la queja que ella también era muy buena alumna (en efecto lo era), sin embargo a ella no la habían premiado con nada. Sin armas para defenderse, pero sin mucho dinero en el bolsillo, los padres se sintieron culpables de no premiar a su hijita menor. Así que decidieron hablar con la vecina de la casa de al lado y exponerle su precaria situación. La señora, que era una vejeta que se dedicaba a la crianza de conejos, y que por esas casualidades de la vida, deseaba salir, por no decir matar, de uno de sus más viejos conejos que era gigante y obeso, le obsequió al animal. Anabelle se sentía muy contenta con su nueva mascota. Entonces, estando de vuelta en casa, comienza a comparar los tamaños de los animalitos e imagina que el conejito de su hermana bien pudiera ser el hijo de su nuevo conejo. ¡Claro que por el tamaño! La diferencia era notable.

Como llevada por un instinto maternal, colocó a su enorme conejo sobre el conejo más pequeño para darle calor. Quizás pensó que se trataba de pollitos y gallinas, pues así era que su maestra le había enseñado en la escuela, solo que ahora había cambiado a la ponedora de huevos por un come zanahorias. Al ver que el conejito pequeño no se movía, Anabelle pensó que era que se sentía muy a gusto con el calorcito de su enorme conejo y decidió dejarlos así. Ella se fue a disfrutar de su programa favorito de televisión, mientras su hermana buscaba con desespero a su mascota. Al terminar la programación, dos horas más tarde, Anabelle buscó a su conejo, lo levantó para llevarlo a su regazo y poder acariciarlo, y notó que el conejito había muerto aplastado. Esto hizo que su hermana llorara por días y que gradualmente sus calificaciones fueran empeorando. A su edad, pensaba que no se podía juzgar mal ese gesto de amor y protección que su conejo había tenido con el difunto hijo conejito. Sencillamente, había dejado este mundo por esas casualidades de la vida. El mundo no era justo y a cada cual le llegaba su momento. Este había sido el momento del pequeño conejito de su hermana.

Con el pasar del tiempo, Anabelle crecía y los animales pasaron a un segundo plano y ahora se dedicaba a confeccionar muñequitos vudús con la ropa vieja que encontraba en las gavetas de su casa. Resulta ser que el nuevo novio de su hermana mayor no era de su agrado. Había visto que le era infiel a su hermana con una de las compañeras de clase de esta, pero a pesar de que se lo había gritado al viento, nadie quería creerle. Así que se encerraba en su cuarto con hilo, tijera, agujas y carne molida para crear los mejores muñecos vudús que jamás se hayan visto. Rellenaba su corazón con la carne y el nombre del novio de su hermana escrito en papel marrón y los colgaba en el espejo retrovisor del vehículo de éste para que al verlo se estrellara contra el poste más cercano. El impacto de los primeros muñecos fue enorme en el joven, quien aparentemente tenía su corazón en buen estado porque nunca murió de un infarto. Luego, se acostumbró a las figuritas humanas y hasta comenzó a coleccionarlas.

Más tarde Anabelle, se había dado cuenta que sus intereses se dirigían hacia otros horizontes y que esas travesuras eran parte de una infancia que ya se estaba enterrando sola. Ya no tenía tiempo para dibujar en el clóset, ya no había perros que esconder en la nevera y se había aburrido de tejer muñequitos vudús que no surtían efecto. De hecho, ya hasta se aburría de pararse a espiar a su padre mientras miraba el gastado video de una mujer desnuda que bailaba sobre un inmenso cepillo de dientes, pues la película porno era tan antigua que ni su madre se acordaba que existía y que estaba fielmente escondida en un rinconcito del hogar. Era una película muy vieja que el padre de Anabelle había comprado en los tiempos de esposo rebelde, pero que eventualmente desaparecería cuando este tomara con profunda seriedad los asuntos de la Iglesia. En ese momento, al espiar, Anabelle empezaba a tocar zonas prohibidas del cuerpo de su novio y luego a llorar al pensar que podía estar embarazada con tan solo haber tocado su esperma. Nada justificaba que su mente fuera tan liberal, pues había sido criada con valores y buenos ejemplos, pero el destino se empeñaba en mostrarle los placeres de la vida y juntarla con otros seres liberales que la convencían con facilidad.

Gerónimo fue su primer placer real, pues fue el único que en ese momento le pudo hacer sentir cosas maravillosas que la hacían volar a otros planetas.

Inicialmente, no entró en una ridícula relación por gusto. A los doce años, Anabelle tuvo que buscarse un novio porque su madre pensaba que sería lesbiana en el futuro, si es que ya no lo era.

A esa edad, aún no se deslumbraba por niños, no mencionaba que nadie le gustara, se la pasaba solamente con niñas y mostraba fobia hacia el sexo masculino. Todo esto parecía ser motivo de alerta para Doña Violeta, quien en su perspectiva homofóbica no parecía entender que estaba cometiendo el peor de los errores al provocar a su hija a tener novio. Tal vez si hubiese sabido lo mucho que le iba a gustar la sexualidad a su hija, la hubiera dejado jugar diez años más con sus amigas. Fue entonces, cuando Anabelle decidió hacerse novia de un niño llamado Sebastián solamente para relajar a su madre. Era cuatro años mayor que ella, pero aun así cursaban juntos el sexto grado. Era de nacionalidad mexicana, y por esto, por la edad sumada a su lugar de procedencia, disfrutaba de levantarle la camisa a su novia, restregarle sobre sus senos picantes jalapeños y lamerle sus pezones hasta dejarle chupetes.

Al conocerlo, no sabía lo que era un beso de lengua, por eso se babeaba cuando éste introducía su gruesa lengua por su boca. Como nunca había estado tampoco pendiente a los asuntos amorosos, pensaba que todo lo que Sebastián le proponía era parte natural de una relación. Aunque al inicio todo lo que aprendía de su novio le resultaba desagradable e incómodo, se dejó llevar sin contarle nada de lo que le sucedía a su madre, quien se veía feliz con el hecho de que su hija tuviese compañero. Cuando Anabelle había roto su estrecha relación con su niñez, decidió dejar al extranjero y seguir adelante. Al pasar a su nueva escuela, conoció a Gerónimo. Él era un chico guapo que jamás había tenido novia, por lo que Anabelle vio en él un prospecto perfecto para enseñarle todo lo que había aprendido en su corta relación con su primer impuesto, obligatorio y dañado amor.

Para poder enseñarlo a besar, tuvo que pedirle a Gerónimo que faltaran un día completo a la escuela y que se fueran juntos a caminar tan pronto sus padres los hubiesen dejado en el plantel escolar. Luego, fue todo un proceso científico explicarle que un beso consistía en abrir la boca y hacer que las lenguas se encontraran en las bocas del otro. Secretamente, deseaba que Gerónimo no se babeara como ella, aunque fuera la primera vez que daba un beso. Parece que ese día tuvo suerte porque no hubo babas que recoger o limpiar. En el progreso de esa relación, se sentía espectacular y pensaba que había encontrado a su alma gemela. Para menguar sus calenturas, había de todo un poco, menos penetración. Como Anabelle se pasaba escuchando las prédicas religiosas de su padre, quien ya estaba inmerso en su renovada vida como hijo de Dios, comenzó a pensar que casi todo era pecado. Si daba un beso, sentía que un par de ojos angelicales lo estaban anotando todo para escribirlo en el Libro de la Vida y condenarla en el final de los días. Si tocaba el miembro erecto de Gerónimo, sentía que Dios no sería capaz de perdonarla, aunque fuera bautizada en las aguas. Y si este dejaba libre su pene para rozarlo entre sus piernas que aún llevaban sus pantaletas puestas, sentía que ya había quedado embarazada y se la pasaba llorando el mes completo en espera de su menstruación. Dado que en la vida todo es un karma, resultó ser que Gerónimo quiso algo más que frotar su miembro viril sobre unas pantaletas y fue a parar en la cama de Jessica "*Hot Dog*". Esta era una popular chica que estrenaba a todos los vírgenes de la escuela. Cuando Gerónimo supo sobre la labor social de Jessica decidió terminar su relación con Anabelle y le dijo que era muy aburrida, pero que estaba muy agradecido de que lo hubiese enseñado a besar, pues ahora podría conquistar a otra sin pasar mucho problema.

Mientras superaba su mal de amor, provocado por su corazón roto, por la escuela rodaron fotografías de todas las posiciones que Gerónimo había adoptado en la cama de Jessica *"Hot Dog"* quien era famosa por introducir en su vagina embutidos fríos de la marca *Oscar Mayer* y sacarlos blandos y derretidos. Pero como la suerte siempre está de parte de quien la merece, Anabelle se sintió pagada cuando supo que Jessica fue hospitalizada por un perro caliente que se había quedado atascado en su vagina mientras ella se entretenía con él.

Nuevamente soltera, Anabelle tuvo que buscar remedio a sus calenturas. Encontró alivio en su habitación un día en el que su cama estaba ocupada por todos los libros y libretas de su escuela mientras estudiaba y hacía su asignación. Buscando un lugar para sentarse se ubica en el borde de su cama y siente como este hace contacto con su clítoris. En el movimiento que se producía por el recogido de los libros y las libretas, se fue dejando llevar por el placentero contacto y logró un extenso orgasmo que la hizo gemir. En a delante, buscaba los rincones de cada borde de cada cama de su hogar y calmaba la sed de amor que había dejado Gerónimo con su partida. Hasta deseó que el "hot dog" se le hubiese quedado enterrado a él en su trasero y no haberlo conocido jamás. En su cabeza quedó registrada una hermosa lección de vida que indicaba que el tiempo lo cura todo y que un colchón saca otro clavo. Pero lo que llega por casualidad, así mismo se va, la historia del colchón finalizó cuando Doña Violeta comenzó a escuchar el sonido de los resortes de la cama en las diferentes habitaciones y sospechó que algo extraño ocurría con su hija, quien salía sudorosa y pálida de los cuartos donde se habían estado produciendo los constantes sonidos. Una sabia amiga le enseñó a Anabelle que un pequeño dedo podía ser más placentero y silencioso que un colchón. Y siguió sus consejos por mucho tiempo. Tanto tiempo, que aún en el presente seguía siendo funcional y práctico.

Inmersa en sus pensamientos, Anabelle había llegado a su trabajo y había permanecido dentro de su auto por un espacio de media hora, lo que la dejaba sin tiempo para poder hablar con sus compañeras antes de trabajar.

Se alegró que *El Palacio del Ron* fuese un lugar concurrido porque detrás del mostrador olvidaba sus problemas mientras atendía a los clientes, quienes en su gran mayoría eran hombres. Al llegar, se puso su morado delantal y con una leve sonrisa que preocupó a sus compañeras de trabajo se dispuso a trabajar. La barra, taberna o chinchorro en el que trabajaba era un lugar de apariencia mugrienta, pero que halaba la atracción de las personas haciendo de este espacio un centro de intercambio social muy peculiar y conocido en el área. Contaba con un letrero iluminado en su entrada que parpadeaba constantemente amenazando constantemente con apagarse cada vez que había una fuerte brisa o una leve lluvia. Quedaba en un callejón oscuro y a pesar de que la Ley exigía que se cerrara a la medianoche, eran los mismos guardias los que entraban al dejar sus turnos, para ser parte de la clientela del lugar.

Anabelle sabía que uno de los atractivos del lugar era que contaba con empleadas hermosas que atendían cordialmente a sus clientes, aunque se les estaba prohibido que se acostaran con ellos, porque no se podía olvidar que no se trataba de un prostíbulo, sino de un Palacio para el borrachón. Lo que las empleadas quisieran hacer con sus cuerpos, luego de su horario de trabajo, era su problema, pero dentro del bar, solamente lo que podían intercambiarse eran copas con dólares.

Mientras le preparaba un trago a un anciano llamado Crispito, Chary se le acercó para preguntarle si todo estaba bien, pues la había visto un poco estresada al llegar.

Esta era una de las compañeras más allegadas de Anabelle, aunque su amistad solamente se basara en los horarios de trabajo, ya que al terminar sus jornadas ninguna sabía de la otra hasta la próxima ocasión laboral. Era muy conocida por su escandalosa risa, y claro, por su novio llamado Malango Rivera. No era un apodo, era un nombre de pila. Anabelle reía sola cada vez que veía que el amante de su amiga llegaba al lugar. Este hombre era uno de los miles de indígenas Wayuú que fueron inscritos en el Registro Demográfico con nombres ridículos tales como: Peíto, Mariguanera, Moco o Culo. Resultó ser que funcionarios colombianos pusieron nombres absurdos a miles de indígenas a modo de burla, cuando tramitaban sus cédulas de identidad, o cuando eran presionados por políticos locales para obtener sus votos, a cambio de falsas promesas. En el Registro Demográfico durante las décadas del setenta y del noventa, hubo oficiales que les preguntaban cómo se querían llamar de manera permanente, pero ellos no entendían su lengua, y no respondían. Maliciosamente, ellos le proponían muchos apelativos raros y con inocencia, los indios aceptaban. Así fue que nació la burla para un pueblo conformado por unas 300.000 personas, en donde aproximadamente unas nueve mil, dispersas en un extenso territorio que ocupa parte de Colombia y Venezuela, en la península caribeña de La Guajira., quedaron marcados con terribles nombres que mataban de la risa a Anabelle.

Chary ya se había acostumbrado a las burlas de sus conocidos y les había hecho pensar al resto del mundo que "*malango*" era un adjetivo cariñoso que ella le había puesto a su pareja consensual por el gran tamaño de su pene.

Anabelle le indicó a Chary que hablarían en su tiempo de reposo, donde siempre acostumbraban salir al patio del local y fumar, mientras dialogaban sobre temas muy amenos, al menos, para ellas. Mientras tanto, Chary seguiría atendiendo cariñosamente a Crispito, el vejete de 87 años que visitaba sin ausentarse jamás el *Palacio del Ron*, pues aunque no consumía licor, se entretenía ofreciéndoles a las empleadas cinco dólares cada vez que se dejaran acariciar una nalga. Ella era una de las más dispuestas a servir al anciano, pues cuando no estaba presente Malango, lograba reunir generosas propinas. Nadie tenía dudas de dónde provenía el dinero que el viejo verde regalaba, pues él mismo vociferaba en el local que había sido un valioso militar retirado que había sido pensionado por triturarse uno de sus dedos en una puerta de acero que se cerró rápidamente en medio del paso de una tormenta mientras se encontraba ofreciendo sus servicios a la milicia. A raíz de esto, recibía mensualmente una jugosa suma de dinero que le permitía darse este tipo de perversos lujos. Anabelle dejó tocarse el culo un par de veces cuando su modesto sueldo no le alcanzaba para pagar los lujosos tenis que le pedía su hija cada vez que la escuela a la que asistía anunciaba un Día de Ropa casual, de manera casual cada viernes de la semana, dado a que el Director del Colegio, había encontrado la forma perfecta para hacerse rico sin tener que tocar el presupuesto de la cuenta que se utilizaba para administrar su Academia. Todo el dinero recolectado iba a parar a la gaveta personal de su escritorio. Esto pudo comprobarlo personalmente Anabelle el día que había decidido tener una conversación cara a cara con el Sr. Álvarez, tras revelaciones que su hija Raiza le había comentado en casa. La joven alegaba haber visto en repetidas ocasiones al Director entrar al salón de la Sra. Román, quien era la maestra de los niños del Jardín Infantil, quienes a su vez no pasaban los cinco años de vida, y llevarse en silencio a la educadora al baño que estaba dentro del mismo salón de clases, mientras era la hora de dormir de los menores. Estando dentro del cuarto de baño se escuchaba el sonido de la cerámica de la tapa del inodoro chocando contra la pared que la sujetaba. Y no podía dejar de mencionarse el hecho de que por alguna curiosa razón, motivo o circunstancia, unas voces parecían gemir por una repentina asfixie. El empleado de planta física de la Escuela no podía explicarse cómo se rompía tanto la bacineta del retrete a pesar de que colocaba una nueva cada dos semanas. Raiza se había percatado de estos detalles porque detestaba tener que ir y hacer uso de los inodoros que estaban destinados para los estudiantes de escuela intermedia y superior. Por lo que al solicitar pase de salida al baño, caminaba con disimulo y se dirigía a los baños de la Escuela elemental que estaban conectados al privado baño al que solo tenían acceso la Sra. Román y sus párvulos. Al parecer, la pared era tan delgada que lo que ocurría de un lado, podía ser escuchado en el otro extremo. Así que aunque no entraría en detalles, Anabelle quería solicitarle al Director de la escuela que tuviese precaución mientras estuviese a cargo de menores de edad.

El Sr. Álvarez siempre estaba a la defensiva por todas las demandas a las que se había tenido que enfrentar en los tres años que se desempañaba como Director de su escuela. Así que sin conocer el motivo de la visita de Anabelle, ya se disponía a sacar de su gaveta el Reglamento Escolar para encontrar argumentos en su defensa. Fue en ese momento que esta vio fajas de dinero que estaban atadas con bandas elásticas, etiquetadas con notas de colores que decían las fechas en que se habían celebrado los famosos Días de Ropa Casual y debajo anotaba a manuscrito detalles como: "para pagar el carro" "para pagar mi celular" o "no olvidar comprarle flores a..."

Fue tanta la sorpresa para Anabelle que se levantó de su asiento, alegó sentirse mal y se marchó sin dar otro tipo de información. Siempre había escuchado cientos de comentarios extraños que los padres de los alumnos mencionaban en el patio de la Academia, pero ella era el tipo de mujer que prefería no jugar con el ingreso de los otros seres humanos, ya que sabía la precaria situación económica de muchos ciudadanos que habían sido despedidos por el reciente cambio de gobierno. Ahora que tenía la prueba delante de ella, se sentía impotente de no poder hacer nada, puesto que otros padres que habían enviado cartas a la Directiva de Decanos exponiendo los múltiples eventos que rodeaban al Director, no hacían nada al respecto, ya que aparentemente, el Sr. Álvarez sostenía una consentida relación con la Presidenta de la Directiva, quien fingía ser lesbiana para distraer las miradas y los feroces comentarios de quienes los vinculaban como una pareja de amantes.

Anabelle pensó que tal y como el descarado Director podía hacerse rico a costa de todo el dinero que los padres pagaban por los días casuales que se celebraban en el Colegio, ella también podía recuperarse económicamente poniendo su trasero en las manos de Crispito, quien a fin de cuentas ya no podía resucitar a su miembro viril ni halándolo con la Fuerza de Choque en un camión de guerra. ¡Que todo fuera por la felicidad de su hija que tanto se lo merecía por lo aplicada que era en su trabajo estudiantil! ¡Qué viva la justicia!

Sin darse cuenta de sus pensamientos, Anabelle había dibujado en su rostro una leve sonrisa mientras inconscientemente llevaba puliendo con un paño húmedo el mismo lado de la barra por varios minutos.

- *Pero miren quien se ha quedado con cara de idiota…Quien la viera pensaría que está drogada o pensando en pajaritos de carne preñados….*– Chary reía maliciosamente al terminar de hablar.

- *Ja, ja, ja*– rio Anabelle sarcásticamente, aunque sabía que debía verse muy idiota con cara de embelesada.—No es para tanto.

- No perdamos tiempo y vamos al patio que tan solo restan diez minutos del *break*.

Tuvo que admitirle a su amiga que estaba pensando en el Director de la escuela de su hija, quien al conocerlo por primera vez se le pareció mucho a un amante que tuvo después de la partida de corazón que le había dado Gerónimo, y antes de haber descubierto los mágicos efectos que un dedo le producía a su vagina. Se trataba de un hombre llamado Ricardo, quien era diez años mayor que ella cuando le conoció. Lo había descubierto en el trabajo de una de sus hermanas. Al verla, la miró con ojos voraces y seductores. Ese mismo día comenzaron a hablar por teléfono a escondidas de su celosa hermana, quien seguramente lo despediría si se enteraba de sus perversos propósitos de desvirgar a su hermana.

Ricardo era un apuesto recepcionista de una compañía telefónica, quien tenía un trabajo nocturno como bailarín exótico. Conocía perfectamente la diferencia de edades entre él y Anabelle, pero desde que la vio, su olfato le indicó que ese cuerpo jamás había sido penetrado y decidió ser el primero. No tuvo que pasar mucho trabajo, pues después de las calenturas nocturnas que pasaba junto a los colchones de su casa y su dedo, estaba deseando que llegara prontamente alguien y le hiciera el favor. Entonces, Anabelle perdió su virginidad en el asiento trasero de un auto deportivo color rojo. Ese día le había hecho pensar a sus padres que estaría estudiando con su mejor amiga y que le tomaría bastante tiempo. Su casi hermana había decidido encubrirla con el único detalle de que debía encender su celular y marcarle justamente en el momento en que comenzara la acción, pues tampoco había tenido la suerte de encontrar a otro necesitado que le quitara la virginidad que ya le estaba estorbando entre sus piernas. Tuvo sexo con Ricardo siendo monitoreada telefónicamente por un celular de minutos, por un brevísimo lapso de dos o tres minutos. Se sintió frustrada de la rapidez con que todo acabó y el inmenso dolor que el acto le había provocado. Ricardo se excusó diciendo que tanta estrechez lo había vuelto loco, pero que usualmente esto no sucedía con él. Anabelle, se sintió defraudada y con un inmenso deseo de llorar entre los brazos de su amiga, quien, aunque quería consolarla, tenía demasiadas ganas de entrar en los detalles sucios. Le recomendó a Maty que jamás tuviera sexo con nadie porque no era nada interesante. Después de hacerla tener una hemorragia, Ricardo la dejó donde la había recogido. Al bajar del auto, estaba muy pálida y agobiada. Su amiga, abrió de inmediato los portones de su casa para hacerle saber que sus padres habían intentado comunicarse con ella en varias ocasiones para saber en qué momento podían pasar por ella. No le estaba prestando atención a los avisos de su amiga. Se había sentado en la primera silla del comedor que había visto porque no aguantaba el dolor entre sus piernas. Le contó que su dolama se debía la brevedad del acto y a la frustración que la brutalidad del amante le había causado. Ambas lloraron abrazadas por la decepción. Al levantarse del acolchonado asiento, Maty notó la gran mancha roja que su amiga tenía en la parte trasera de su pantalón y comenzaron a generar ideas para ver de qué manera podían evitar que los padres de Anabelle la vieran cuando llegaran a recogerla. Maty no pudo prestarle a su amiga uno de sus *jeans* porque la diferencia de peso y estatura entre una y otra era muy marcada. Esa había sido una de las razones por las que Maty insistió tanto en escuchar lo que pasaba en el encuentro clandestino de su amiga y Ricardo, ya que sabía que en el plano sexual tenía muy pocas oportunidades de estrenarse ya que no era muy fácil de ver y su relleno cuerpo no dejaba mucho que desear. Finalmente, la fiel amiga, convenció a sus padres para que llamaran a la casa de Anabelle y pidiera permiso para que le permitieran quedarse a dormir por una noche. En la mañana cuando los padres de Anabelle vinieron a recogerla, no se sorprendieron al verla vestida con una enorme bata que le había prestado Maty, y pensaron que su pesadez al caminar se debía al cansancio de tanto haber estudiado la noche previa. Para acabar con toda evidencia, Maty hizo una hoguera con el pantalón de su amiga.

Chary admiraba secretamente a Anabelle y reía con cada una de sus locas historias.

Un fuerte ruido se escuchó en el interior del *Palacio del Ron*. Chary y Anabelle entraron de prisa al local, pues desde su ubicación era muy difícil ver lo que estaba pasando. Era muy normal presenciar peleas de borrachos en su trabajo, pero esta vez el panorama lucía un poco más serio de lo usual.

Anabelle vio a Armando tirado en el suelo y se estremeció. Estaba rodeado de un espeso círculo de sangre alrededor de su cabeza. Un fino hilo de sustancia oscura desfilaba por su oído. Sus labios carnosos intentaban pronunciar palabras y sus ojos pedían auxilio en medio de una mirada de terror. Era la primera vez que presenciaba algo así. Ante el cuerpo fatigado se encontraba un caballero muy joven que nadie había visto antes en el lugar. Muchos corrían huyendo; otros corrían en busca de ayuda. El pánico provocaba reacciones ilógicas entre los presentes. Una pareja de enamorados estaba petrificada mirando el cuerpo del propietario del local. Miles de ideas la asaltaban, pues no podía entender cómo alguien tan pasivo como Don Armando podía haber tenido una fatal suerte como esta. Su jefe era un hombre amigable que no inspiraba miedo, a pesar de su alta estatura y las casi trescientas libras que cargaba en su cuerpo. Anabelle le tenía mucho respeto porque siempre las protegía de todos y sabía ser un excelente consejero cuando las veía preocupadas. Se preguntaba qué motivos habrían inspirado a este cliente a querer terminar con la vida de un ser humano tan especial, quien era un amoroso esposo y ejemplar padre.

El agresor estaba temblando, pero seguía amenazante con su brazo en alto sosteniendo una pistola. Nadie se le acercaba por miedo a correr peor suerte que Armando, quien aún seguía luchando para vivir.

Al fondo del local, una de las empleadas había tomado el auricular del teléfono monedero y se había escondido detrás de un mostrador para pedir auxilio al cuerpo policial. Solo Anabelle se había percatado de esto, y aunque esto no resolvía la situación, la tranquilizaba bastante el saber que pronto llegaría la ayuda pertinente que pondría fin a este suceso.

Chary le pedía al hombre que no lastimara a nadie más, pero sus palabras quedaban ahogadas entre las conversaciones desesperadas de los allí presentes.

Anabelle pensó que no quería que esa fuera la última noche de su vida, pues le preocupaba la suerte de su familia, en especial, la de su hija. Pensó en toda la razón que siempre había tenido Sergio al decirle que no era saludable que salieran peleados del hogar. Su desespero iba en aumento. Hubiese deseado tener la suerte de estar cerca del teléfono para pedirle a su esposo que viniera en su auxilio. Sentía que todo a su alrededor perdía sentido y que solamente era necesario pensar en lo que le preocupaba a ella en ese momento. Trataba de no perder de su vista al hombre porque temía que la fuese a asesinar por la espalda. Un grito extenso salió de su boca cuando una segunda detonación se escuchó para herir, en esta ocasión a un delgado joven que pensó que podía huir del lugar sin ser visto por el asesino. Hasta este momento es que logra entender que a este punto ya todos eran rehenes y que todos debían cuidar su más mínimo movimiento.

Afortunadamente, la bala dirigida al joven se plantó en su pierna izquierda, y seguía con vida. Suerte que había dejado de correr Armando cuando sus fatigados pulmones colapsaron y su corazón se detuvo. Murió mirando a Anabelle , como queriéndole pedir que se escondiera para que no terminara igual. Su mirada no dejó de ser suplicante y su cuerpo inerte perdió fragilidad para tornarse rígido al expedir su último aliento de vida.

A lo lejos comenzaron a escucharse sirenas policiales que aparentaban proximidad. Todo acabaría de un momento a otro. Un nuevo pensamiento atacó a Anabelle. Pensaba que el asesino podría desesperarse al sentirse rodeado y podría acabar con todos antes de que al fin llegara la policía al lugar. Deseó con todas sus fuerzas que antes que algo así sucediera, este hombre, decidiera quitarse la vida como hacen todos los asesinos cobardes que quitan vidas ajenas y de pronto se ven rodeados.

Las sirenas, muy contrarios a encaminarse a la barra, se alejaron, dirigidas a otro destino. En este momento, el hombre agarró a Chary fuertemente por su cabello y le pidió que vaciara todo el dinero de la caja registradora en una bolsa de plástico. Presa del terror, esta no dejó de suplicar compasión por su vida. Y como arrastrado por la mala suerte, se fue abriendo paso el amante alarmado de esta quien se apresuró al llegar cuando escuchó en la zona, unas detonaciones que provenían del bar. Su cara se transformó al ver como su amada era maltratada por el agresor armado. Poseído por una fuerza superior, se abalanzó sobre el asesino atrapándolo de espaldas entre sus brazos. Chary corrió y buscó refugio en los brazos de Anabelle, sin dejar de mirar lo que ahora podría sucederle a su amado. Sentía que era culpable de todo lo que pudiera afectarle.

En un mar de forcejeos que se había producido en el suelo, cuando pudo derribar al hombre, Malango intentó quitar el arma mortal de las manos de su enemigo. Esta fue detonada una vez más, acabando instantáneamente con la vida de Malango. Anabelle notó el deseo de su amiga de agredir al asesino para menguar su coraje y se adelantó a todo movimiento interponiéndose entre su amiga y el agresor.

Un policía entró deprisa al local justo en el momento, en que bajo un estruendo, Anabelle se derribó en el frío suelo.

Sin importar lo que allí ocurría, muchos vieron su pase de salida y escaparon dejando todo atrás. Chary lloraba sobre el cuerpo de su amante pidiéndole que regresara a la vida y le diera consuelo.

El lugar ya estaba rodeado de policías que comenzaron a pedir testimonio a todo aquel que había corrido la mala suerte de estar allí.

Las personas contaban que el cliente ya estaba pasado de copas y que comenzó a confundir a Armando con el amante de su esposa, quien le engañaba con otro. Al menos eso fue lo que entendieron los testigos. ¡Pero cuán lejos estaban de la verdad!

Fueron muchos los que dijeron que el hombre se la había pasado gritando que lo había asesinado y que también la asesinaría a ella. Esas palabras no parecían tener sentido. Eran perfectamente lógicas en la boca de un borracho como él.

Por los efectos nocivos del alcohol no podía ver con claridad que sus amenazas estaban siendo dirigidas a Armando y que no debía ser él el blanco de su nuevo ataque. En ese momento, fue que el dueño del local había decidido llamar a la policía para pedir ayuda y dio la orden de que no se le supliera más bebida al cliente. Les pedía a todos que mantuvieran la calma, pero al levantar el teléfono el hombre le disparó a la cabeza y le dijo que lo convertiría en un ser humano menos que ya nunca más iba a poder quitarle la mujer a ningún otro hombre. Fue en ese momento preciso en el que Chary y Anabelle habían entrado al local para ver lo que sucedía.

La policía, que ya había enviado patrullas a la casa del criminal, doblaba esfuerzos para lograr colocar al asesino dentro de un carro oficial para ser procesado más tarde.

La escena del crimen fue despejada eventualmente, a pesar de que se acercaban muchos curiosos ahora que el peligro ya había pasado. Colocando cintas alrededor de la desagradable escena, los policías dijeron que en adelante, estarían a cargo de todo.

Sonidos de ambulancias se alejaban llevando consigo a los perjudicados y el sonido de la madrugada mermó dando paso a un nuevo día del mes de febrero.

Capítulo 2

El Esposo

El poder creer en la reencarnación ha sido un escape para la humanidad desde tiempos que jamás tuvieron edad. Hindúes, budistas y tribus de América y Oceanía han sido fieles creyentes de estos pensamientos espirituales. Cuando no se encuentran respuestas inmediatas a nuestros problemas es muy fácil buscar materia tangible que conteste a nuestras interrogantes. Por eso, ha sido muy fácil para todos creer que una persona fallecida volverá a vivir o aparecerá con otro cuerpo, aunque de forma más evolucionada. ¡Qué fácil sería todo así!

Anabelle estaba sentada en un solitario banco que se encontraba frente al *Hospital Manos Celestes* de su comunidad, bajo los rayos de sol mañanero que habían estado golpeando su rostro sin que se diera cuenta de ello. Pensaba que la probabilidad de morir y regresar convertido en otra cosa era una alternativa que ofrecía muchas ventajas, pues era un mundo de múltiples oportunidades donde podíamos cometer errores y, aun así, seguir cometiendo más, ya que seguiríamos siendo reciclados hasta que lográramos hacerlo bien. Todo este asunto parecía ayudarla a entender cosas que no tenían una verdad científica y que confundían a muchos otros por igual, como por ejemplo , el que unos puedan aprender más rápido que otros, avergonzando a aquel que tarda un siglo en entender que uno más uno son dos. Con esto, también era sencillo explicar el que a los buenos les tocara sufrir, mientras que los malvados siempre lograban salirse con la suya bajo el brazo. Todo esto cobraba razón si pensáramos que por algún motivo, esas personas se encuentran pagando deudas, errores o faltas, o quizás, desde el otro extremo de la línea, se encontraban disfrutando logros acumulados de sus vidas pasadas. Quizás aquel que ganaba el premio mayor de la lotería, en su pasada vida, había sido en otro momento, un muerto de hambre que pedía dinero en las luces de los cruces para pagar los medicamentos de su anciana madre que moría de cáncer del hígado en su casa dado a que por su facha, no existía seguro médico que quisiera costear sus altos costos de tratamiento.

Prefería seguir meditando cómo las sociedades pasaban la vida trabajando de sol a sol como esclavos y profesando mucho miedo al tema de la muerte y del más allá, sin que existiera un ser humano que hubiese tenido la experiencia y las pruebas concretas para probar que realmente existía la muerte . Tal vez algún día descubriríamos que la muerte es o no es real, o que no existe por el simple hecho que el alma reencarna una y otra vez de un cuerpo a otro. ¿A qué se dedicarían las Iglesias si un descubrimiento como este aflorara con suficientes pruebas para no poder ser desmentido? ¡No! Eso era lo menos en lo que quería pensar en este momento porque sintió o creyó que uno de sus pómulos empezaba a hervir por los rayos del incómodo sol que la había estado intentando dorar por mucho tiempo.

Dirigió su mirada al inmenso reloj que ocupaba la pared principal del *Banco Mediterráneo* que se encontraba junto al Hospital. Eran alrededor de las nueve de la mañana. Intentó buscar su celular para llamar a Sergio y notificarle sobre lo ocurrido en su trabajo, pero no tenía la más mínima idea de dónde podrían estar sus pertenencias en ese momento. Probablemente, su esposo debía haberla llamado un sinnúmero de veces y estaría desesperado al no verla llegar al finalizar su turno en el Palacio del Ron. Esperaba que alguien le hubiese avisado sobre lo ocurrido y poder encontrarse con él de regreso a casa.

La única pista con la que contaba era con unos moretones en su brazo derecho que indicaban que había estado recibiendo medicamentos por suero en el Hospital. Probablemente la habían dado de alta, previo a su revisión, y no encontró taxi que le condujera a casa y había decidido esperar a Sergio sentada en el banco en el que se encontraba ahora. Pero si él no estaba al tanto de lo sucedido, seguramente andaría como loco por las calles buscándola con angustia. Trató de incorporarse para ponerse de pie y caminar a su casa, pero se sentía muy débil. Quería llegar de inmediato a su hogar para verificar si Chary había tenido la gentileza de llevar su auto a su domicilio, ya que no pensaba en nadie más que pudiera haberse hecho cargo de su cartera, celular y llaves.

Decidió caminar ya que para su desgracia, tampoco contaba con dinero para pedir un taxi. Rumbo a casa, comenzó a sentir la ligereza de sus pasos por el inmenso deseo que la movía a volver a ver a sus seres queridos. Una experiencia como la que acababa de vivir le enseñaba que la vida es una caja de sorpresas que puede desaparecer entre tus manos en fracciones de segundos. Sentía que nacía de nuevo y que estaba siendo bendecida con una divina oportunidad de enmendar todos sus errores. Ahora entendía por qué se había descubierto así misma pensando en ese banco sobre los mitos de la reencarnación. Creía verlo todo con nuevos ojos y una mayor claridad. Pensaba que un nuevo mundo se abría paso ante sí y que esta era la oportunidad perfecta para cambiar sus obsesiones, sus peleas y todo lo que resultaba desagradable para los seres que la amaban por un inicio distinto y prometedor. Comenzaba extrañar a su hija y quería abrazarla hasta dejarla extenuada. Sentía que a partir de ese momento era importante que valorara hasta el más mínimo detalle. Disfrutaría cada mañana del canto de las aves, de sentirse rodeada por seres humanos, de sentir su corazón latir con energía, de cantar y escuchar cantar a gritos a la "putita" de su vecina, a quien desde ese momento comenzaría a llamar por su verdadero nombre y se despojaría de todo sentimiento negativo que hubiese albergado en su alma. Seguramente, su padre querría ver ese cambio y vivirlo con ella. Ya no le importaría el qué dirán de las personas y sería conforme con todo lo que poseía sin aspirar a los lujos que no podía darse. Esperaría que todo llegara a su vida por añadidura. No quería volver a serle infiel a Sergio y olvidaría todos aquellos errores cometidos por su esposo, que tanto la habían hecho sufrir. Era tiempo de amar y sentirse amada. La vida no era algo que se pudiera controlar, y por tanto, había que aprovecharla cada nuevo día. Quería saber cómo se estaría sintiendo Chary en este momento ante la pérdida de su amante y ofrecería sus brazos para albergar el dolor de su compañera de trabajo.

Sin darse cuenta, sus pensamientos agradables le habían encaminado a casa y su cuerpo solo le exigía descanso. Sintiendo pesadez, se dejó caer sobre su cama y el resto de su día solo fue un lento desvanecer.

Si al nacer venimos con alguna estrella, la del amor no era la que había marcado a Anabelle, quien aunque se sentía feliz por sus pasadas relaciones, no había podido vivir a plenitud una historia llena de bombos y platillos, como esas que tanto disfrutamos en los libros de Corín Tellado o en el televisor. No se lamentaba de su físico, pues este le había permitido darse el lujo de vivir acompañada desde que así lo quiso. Con esto pudo darse el placer de romper varios corazones, conquistar otros más y ser dueña de mentes cuyos ojos jamás conoció. Pero el amor era algo más que sentirse con el control sobre la mente y cuerpo de otro ser. Creció en medio de una familia como cualquier otro ser, con la pequeña fortuna de poder decir que el matrimonio de sus padres era el mejor. De hecho, ¡fue un matrimonio envidiable!

¡Ese era el pequeño detalle! Anabelle anhelaba una relación como la de ellos dos. Porque aún es estos modernos tiempos, estaba convencida que el amor era un contrato que venía sin fecha de expiración, a pesar que las pequeñas letras indicaban que la muerte y solo la muerte, lo disolvía todo.

¿Podría la muerte disolver un amor? ... ¿Puede hacerlo?... ¿El amor se disuelve?

No podía negar que cuando prometió amarlo para siempre era más el capricho lo que hablaba que la convicción de su corazón.

- *¡Hola!*- dijo Sergio.

Tampoco podía negar que aquella tarde de abril el mundo conspiraba a su favor.

- *¿Me conoce usted?* - La realidad es que no sabía de dónde había aparecido ese joven, pero tampoco le molestaba. Era alto, fornido, moreno... ¡Apestaba! Pero, ¿quién no apesta luego de que ha ejercitado? Prefería pensar que había estado realizando algún deporte, a decir que era su naturaleza sudar a esa magnitud. Era evidente que estaba corriendo en una pista, aunque puede ser que se equivocara al suponer esto. Muchas veces se había comprado unas camisillas en combinación con una magnífica sudadera solo para aparentar que visitaba constantemente un gimnasio y dar aires de grandeza por el centro comercial. Aunque ¡claro! Esto lo hacen las mujeres con alto ego, pero ¿un hombre sería capaz de vestir tenis, pantalón corto, camisillas, sostener una botella de agua y agitarse como quien se asfixia para decirle "hola" a una chica? ¡Quién sabe! Ella también hubiera sido capaz de mucho solo por ligar.

Su amigo Freud sabía de lo que hablaba, no por menos lo llamaban *"El padre de la sexualidad"*. Ahora no le cabía la menor duda que ese profesor italiano, que gratuitamente le diagnosticó, le había cambiado la vida, ya que su sexualidad se tornó mucho más amena, por no decir activa, desde que aprendió a observar el mundo del sexo desde el otro lado del charco.

- *¿Esperas a alguien?*

- *¿Qué te hace pensar eso? Aparte... ¿Por qué debe importarle si espero o no a alguien?*

- Lo digo porque anda muy arreglada y perfumada. Lleva rato mirando a los lados y llevo rato dándome cuenta que nadie llega.

Nunca había dejado de ser igual, Sergio, sin darse cuenta, se inmiscuía, en cada asunto de su vida, aunque tarde vino a entender que nunca lo hizo por andar de entrometido o por aquello de que sus celos fueran excesivos; simplemente era esa su manera de mostrar interés a lo que verdaderamente le preocupaba.

La realidad era que llevaba dos horas, treinta minutos y veinte segundos en la espera de que su cita a ciegas apareciera. De no ser porque el destino propone cosas sorpresas, seguramente hubiese entendido que una hora más tarde, de haber aparecido su cita original, habría conocido a un hombre que lo único que pretendía era comprobar su sexualidad junto a una mujer hermosa.

Eran ya dos años de estar separada de aquel hombre con el que intentó en más de una ocasión, probar la dicha de ser madre. Mentiría si alguna vez dijera algo indigno de su ser. Conoció a Héctor cuando apenas tenía diecisiete años, y a pesar de que Ricardo había activado su astuto millaje sexual, se encontraba con deseos de volver a alterar su contador. Fue un noviazgo muy supervisado por la sociedad porque se esperaba que fallara en cualquier momento para apartarlo de su lado. Héctor lo había tenido todo en la vida; los lujos fueron parte de ella. Ella, por otro lado, había crecido de manera humilde y los lujos que tuvo fueron bien recibidos luego de mucho esfuerzo. Aprendió a trabajar por lo suyo; con esto puedo decir que no dependía fácilmente de otros. Sin embargo, Héctor logró atarla a su ser con lazos de amor. Su modo de sentir fue criticado, pero esto fortalecía su unión. Por esto, celebraron una muy temprana boda que significaba un reto a todos los que no comprendían su relación. En corto tiempo se hicieron de un nidito de amor. A su vida se sumó...Raiza.

En el recuento de los daños, podía darse cuenta que la familia fue sembrando la duda en el corazón de Héctor, y por ende, sus celos fueron aumentando como el fuego que consume. Su mirada angelical fue distorsionada por las malas lenguas y lo que fue amor, se convirtió en obsesión. Era muy difícil para Anabelle, salir con mis amigas a comer sin ser espiada. No había llamada telefónica que no fuera interceptada, y aunque seguía dándolo todo, se había convertido en la clásica palomita encerrada en su jaulita de oro. ¡Dejó de ser feliz! Perdió su tolerancia y a esto se unió la petición de divorcio. No fue un proceso fácil de sobrellevar porque, aunque sabía que estaba tomando la decisión correcta, su corazón aún tenía sentimientos de agradecimientos encerrados en él. No dio marcha atrás y logró su libertad, y con ella, el sacrificio de perderlo todo: dinero, estabilidad, lujos y techo seguro. No se detuvo y decidió darse tiempo para disfrutar de la libertad que había sido coartada por tanto tiempo. Tenía una vida por delante con tan solo veinticuatro años de edad.

Todos la invitaban a ser parte del aclamado mundo de las redes sociales. ¿Por qué no? Le sonaba todo muy interesante.

A pesar de que le gustaba la tecnología, el mundo cibernético social era agotador para una mujer como ella. En un inicio todo era agradable porque se sentía bien al ver cómo tantas solicitudes de hombres de todas clases y colores se le acercaban con el propósito de conocerla. Esto aumentaba su ego porque luego de ser madre, pensaba que ningún hombre querría acercársele. Se equivocó...muchos querían tenerla cerca, pero no con las mejores intenciones.

Una noche de insomnio, con una taza de café cargado en mano, se encontraba observando al detalle cada perfil masculino que encontraba. Estaba decidida a volverlo a intentar. Prefería hacerlo mediante redes sociales a través de su celular porque se sentía más segura antes de dar un paso a ciegas y quedar muy tiesa en un callejón en caso de ser asesinada por un loco en serie. Tenía que pensar que era madre de una ternurita que tenía que proteger, y eso conllevaba explorar muy bien a sus candidatos antes de llegar a la primera cita.

Encontró hombres muy guapos; de voces muy agudas. También hubo hombres con grandes complejos, agudos de belleza; otros con corazones rotos buscando consuelo de otros brazos, y en medio de esto apareció Hiram. Le cautivaron sus ojos expresivos y su sensual sonrisa. Tenía mucha gracia para quedar espectacular en cada foto que se tomaba. Envidiaba mucho esto, ya que cuando intercambiaban fotos a través del móvil, había recibido cinco o seis fotos suyas en lo que solo había podido enviar una que la hiciera lucir decente. Anabelle era muy exigente con su imagen.

Se propusieron tomarlo con mucha calma. Total, lo que les sobraba era el tiempo. Una de sus condiciones fue no hacer intercambio de números telefónicos porque en el fondo le asustaba tener que enfrentar a un hombre que la quisiera hostigar día y noche convirtiendo su teléfono en un nuevo grillete. Así que para comunicarse, utilizaban *Skype, Tango, Kik*, entre otras. ¡Sí! Conocía muchas redes sociales porque siempre había disfrutado de llamar la atención, y por ahí se le daba muy bien.

Nunca hablaban de sus direcciones o lugares de trabajo. Tampoco quería que le diera visitas sorpresas. Sentía que con cada foto suya que recibía sus dudas disipaban más. Si al principio le notó algún defecto en su nariz o en sus gestos al hablar, con el pasar de los días fueron estos rasgos los que le empezaron a conquistar.

Admiraba la diversidad de sus temas al hablar, los adjetivos suculentos que utilizaba para describir todo a su alrededor y la transparencia con la que le contaba detalles de su vida. Cuando decidió mirar atrás notó que habían pasado suficientes meses para dar el siguiente paso: conocerse.

El lugar señalado era un pequeño parque cercano a la Plaza. Estaba muy emocionada y por eso decidió cuidar cada detalle para el encuentro. Compró ropa interior muy sensual, cada accesorio combinaba con cada prenda de vestir y el perfume era del mismo color de su camisa. Varias de sus amigas estuvieron dispuestas a cuidar de su hija, aunque prefirió dejarla en casa de su madre. Pensó que así podría demorar más en llegar en caso de que su cita fuese tan buena que exigiera una extensión. Estiró cada cabello de su cabeza y depiló todo lo que no tenía que verse en caso de que comenzara la acción. Lavó sus dientes minutos antes de subir al auto para asegurarme de que el aliento estaría fresco al saludar.

De más está decir que hasta el carro brillaba como ella, pues pagó para que hicieran desaparecer cada pedazo de pizza debajo de las alfombras, cada goma de mascar que su hija dejaba caer cuando el sueño la atacaba en los paseos y colocó pinitos aromáticos en el espejo retrovisor para disimular cualquier viento que decidiera escapar en caso de ponerse muy nerviosa. ¡Quería que todo sería perfecto! De cierto modo lo fue, pero no con él.

Llegó veinte minutos antes de la hora indicada y se estacionó, por precaución, en otro lugar. Quería observar si Hiram era igual de guapo que en sus fotos antes de conocerlo sin que se diera cuenta. En caso de no ser lo que esperaba, podía continuar el camino y hacerle creer por medio de una carta suicida que odiaba la vida y que ya no la quería y por eso se mataría ese mismo día. Así se olvidaría prontamente de ella, y comenzaría a buscar su próximo príncipe azul.

Los minutos avanzaban y comenzaba a entrar la tarde. Se ubicó en el estacionamiento correcto para que Hiram le pudiese identificar rápidamente cuando llegara. Muy contrario a lo que había pensado antes. Pasaron dos horas, treinta minutos y veinte segundos… entonces, apareció Sergio en su lugar.

- Ya que está tan bonita debería aceptarme una invitación a tomar un refresco en la Plaza. Estoy que muero por refrescarme luego de tanto ejercicio.

Fue cuando confirmó que, en efecto, venía de una sesión deportiva. Sus piernas lucían muy bien en su moderno vestir deportivo.

Para no desperdiciar el nuevo atuendo y el salón de belleza que tan costoso había salido, decidió acompañar a Sergio a tomar la bebida.

Al pasar de una hora, la pantalla de su celular comenzó a iluminarse constantemente con el nombre de Hiram, quien intentaba decirle, así lo supo por un texto minutos más tarde, que no había podido llegar a tiempo porque la temperatura de su auto había aumentado en medio del tráfico hasta el punto de humear y había tenido que detenerse para bajar los niveles y buscar un puesto cercano que le brindara el agua que le permitiría a su auto continuar la marcha. Luego, Hiram avisaba que había llegado al lugar de la cita y que ansiaba verle.

Aunque se la estaba pasando genial con Sergio no perdía las ganas de ver por primera vez el rostro de Hiram. Sergio no estaba mal, pero Hiram era todo un bombón en fotos. Estaba soltera, así que podía darse el lujo de decidir entre cualquiera de los dos. Aunque los dos, no era una muy mala opción para ella.

No encontraba palabras para despedirse de Sergio; tampoco quería. Al comenzar a anochecer, aquel refresco se había convertido en una cena y se comenzaba a preguntar cómo estaría su hija y si ya habría comido. Tuvo que decirle sobre su preocupación y amablemente este le pidió acompañarla al auto. Sabía que no tenía que esperar varios meses para intercambiar número telefónico con Sergio, lo haría al encender el auto. No podía dejar pasar un partidazo así.

Tan pronto llegara al estacionamiento, pretendería

acercar su rostro al de Sergio para sellar el encuentro con un candente beso y dejarle saber que quería volverlo a ver.

Ya habría tiempo para preguntarle si era casado y tenía hijos. Ahora solo le importaba que no se pudiera olvidar tan fácilmente de ella después de morderle los labios con pasión.

Afortunadamente, en busca del momento ideal, no tuvo mucho que hacer porque sentía como era la cara de Sergio la que se acercaba a la suya. -¡SI!- pensaba con miedo a gritar la felicidad que le embargaba. ¡A este ya se lo había echado al bolsillo y el pobre ni cuenta se había dado!

Antes de que el beso llegara, sus ojos giraron a la izquierda y observaron un manejo de humo que brotaba de un horripilante auto color gris del año de las tatarabuelas. No pudo evitar girar su rostro también. A lo lejos, Anabelle pudo reconocer el rostro de Hiram que en ese momento la observaba también.

Hiram levantó su mano derecha y no se podía discernir si aquello era un saludo o era una señal de auxilio. No era a ella a quien había saludado, porque la realidad era que no la había distinguido a distancia. Su ademán había sido dirigido a Sergio quien le indicó que se trataba de su mejor amigo, el cual llevaba días teniendo problemas con su auto.

Antes de quedar al descubierto y ser reconocida por Hiram, decidió despedirse con un beso en la mejilla de Sergio. Le dijo que estaba apurada y que tenía que recoger a su hija, pero que le daba su número para que pudiera contactarla cuando así lo quisiera. Preocupado por su amigo, Sergio tomó el papel de los diez dígitos y salió corriendo en su auxilio. Anabelle seguía preguntándose cómo era posible que después de tantas horas, su cita a ciegas hubiese tenido la maldita suerte de llegar al lugar donde ella se encontraba con su mejor amigo caído del cielo.

Su llamada no tardó en llegar. A la mañana siguiente un texto suyo en el celular hizo presencia.

Prefirió llamarlo en lugar de contestar su texto. De inmediato, pidió disculpas por haber salido tan deprisa el día de ayer. Sin querer lucir muy interesada comenzó a hacerle preguntas sobre su amigo, quien en efecto era Hiram.

Sergio estaba muy triste de que su amigo no pudiera llegar a tiempo a una cita que tenía planificada. Esto lo alegraba mucho porque en esta ocasión se trataba de una mujer.

- ¿Y qué tiene de extraño que sea una mujer?

- Sergio ha sido homosexual desde su adolescencia y dice que al fin hay una mujer que lo ha confundido al punto de no saber si quiere seguir saliendo con hombres.

Lo único que le rogaba a Dios era que no fueran tan amigos como para que Hiram le enseñase a Sergio algún día sus fotos...las de ella. No tendría palabras para explicarle que ese día estaba muy arregladita esperando a su amigo gay. *¿Qué pensaría Sergio de mí?* – no dejaba de pensar, Anabelle.

De esa manera tan extraña, decidió llamar más tarde a

Hiram y decirle que había optado por regresar con su ex marido y que por eso debía alejarse de él. Se disculparía por haberlo dejado plantado el día en que se iban a conocer. Lo que pensara este la tenía sin cuidado porque él tampoco había sido muy sincero con ella que digamos. Ya lo dice el refrán: "Ladrón que roba a ladrón, tiene mil años de perdón".

No quería ser la rata de laboratorio de ningún hombre que sabrá Dios por cuantos traseros masculinos por la vida había pasado ya.

La noticia no pareció afectarle mucho, ya que a partir de ese día no supo nada más de él. Han pasado años y Sergio nunca supo nada sobre la verdadera historia del día en que se conocieron. Ha habido ocasiones en las que Sergio ha invitado a sus amigos a ver un partido deportivo en casa y casi infartaba al pensar que entre estos pudiese haber estado Hiram. Esperaba que ese día jamás llegara, y si sucedía que se borrase mágicamente la memoria de Hiram para que la mirara mil veces y jamás la pudiera asociar con la mujer que un día le iba ayudar a dejar de ser homosexual o que tal vez lo afirmaría en quedarse en su mundo gay.

Quizás su ansiedad de verse involucrada de nuevo en una nueva relación no la dejó ver aquellos indicios que le gritaban que había algo extraño en Hiram. No fue capaz de ver que sus cejas demasiado perfiladas, sus vaqueros demasiado ceñidos, sus gestos demasiado sensuales al reír y la pulserita que siempre llevaba en su muñeca con el mensaje "*love*", eran indicadores de un joven que comenzó a sentirse atraído al sexo opuesto cuando ya estaba demasiado a gusto en su mismo bando. Esperaba que hubiese encontrado en la vida lo que andaba buscando.

Con Sergio, no es que todo haya sido color de rosa, pero conservaba la esencia de muchos buenos momentos a su lado. Tampoco podía decir que él representaba el amor de su vida, aunque en la cama sabía defenderse muy bien y eso era muy importante e idílico para cualquier pareja.

Al inicio de su historia hubo muchos episodios que mucho más que alejarlos, solidificaron lo que tenían. Si se mantuvo a su lado era por el reto de no dejárselo arrebatar por la vida. Era una mujer que no se rendía con facilidad. Su fortaleza siempre fue digna de admirar.

Cuando fue oficial su relación con Sergio, el reloj de la vida parecía ir en modo acelerado. Todo pasaba tan rápido que no era capaz de ver si estaba yendo por el camino correcto o el equivocado. En medio de tanta confusión, y de haberlo pensado mejor, su historia hubiera girado por otros lados.

Con tan solo dos días de conocerlo, Sergio había comenzado a realizar una mudanza que garantizaría su estadía en su casa hasta el momento. Acabado de salir de una turbulenta y enfermiza relación, este estaba buscando la salida más cercana, que era ella. Eso lo entendió mucho tiempo después. En un inicio creyó que era mucho amor lo que lo hacía actuar como todo un Romeo al son de su Julieta.

Por un lado se sentía aliviada porque un hombre en la casa significaba un desahogo económico a todas sus marcadas deudas. Vio el cielo abierto al imaginar que le sobraría dinero para el alisado que tanto amaba, para los zapatos de todos los colores que ya estaban haciendo falta en el clóset y para esas salidas de cenas costosas que hacía mucho no solía tener. Y no es que se equivocara, pero para empezar a ver esto, primero tuvo que beber muchas lágrimas y pisar fondo en la vida.

Las primeras semanas transcurrieron en salidas más diurnas que nocturnas por aquello del trabajo. Los besos, caricias y momentos candentes asomaban su nariz cada vez que era posible. De pronto, las verdades comenzaron a fluir. Resulta ser que en una noche de locura, Sergio había estado de barra en barra y comenzó a pensar con su cabeza menor, y así, llevó a la cama a una solterona que andaba buscando a quien atrapar si le daban la oportunidad.

 La naturaleza estaba de su parte esa noche, así pensó ella, y tres semanas más tarde, Liza llamaba a la puerta de un amigo de Sergio, ya que fue la única idea que tuvo para poder encontrar a su furtivo amante y dejarlo impactado con la noticia que antes de nueve meses ya sería padre.

La cara de Sergio se transformó al escuchar las palabras de Liza, no tanto por la noticia, sino al no poder entender cómo esta pudo dar con su paradero. En el momento que ella fue a la casa de José, el amigo de Sergio, este se encontraba trabajando en su empleo como lavador de autos en una compañía de alquiler de vehículos. Al salir, observó que en la pantalla de su celular había múltiples felicitaciones de distintos amigos que más que felicitarlo, querían burlarse de él. No entendía nada de nada y decidió llamar a José, quien le explicó la inesperada visita de Liza en su hogar. Su mente daba giros hasta que pudo recordar quién demonios era ella y acordarse de vez, que había sido

José quien esa noche, a falta de dinero para un motel, le había prestado su apartamento de soltero para que se manifestara con la chica en medio de su apuro sexual. Después de esa noche, no había tenido contacto alguno con Liza. Al contrario, suspiraba alegre al saber que esta no se había llevado su número telefónico, pues cuando, luego de su intercambio de fluidos, en la mañana siguiente despertó, notó vellos púbicos en su rostro y supo que su boca había explorado durante la noche toda una selva amazónica perteneciente al cuerpo de aquella rechoncha y apurada mujer. Todo aquel escenario lo llenaba de asco, pues para colmo de sus males, se percató de lo pasadita de peso que estaba su amante y de la cantidad de mal olor que salía de su boca al intentar despedirse a lo romántico antes de marcharse. Pensó que aquello no podía volver a repetirse sin sospechar la sorpresa que le tenía preparada el destino unas semanas más tarde.

Liza era una joven de 19 años que cansada de visitar la Iglesia para pedirle a Dios que le trajera a su vida un hombre de bien, decidió aventurarse esa noche ya que sentía que una ayudadita de su parte no le vendría mal para apurar el asuntito. Al ver que Sergio la estaba rondando pensó que esa era la señal divina y no dejó escapar la situación. Veía en él un ser de luz y cuando este la llevó a la cama pudo ver a todos los santos del cielo bailando al son de los ángeles querubines. Pensó que esto era su pase al matrimonio y a pesar de que traía profilácticos en su cartera para proteger al hombre que le hiciera el favor, decidió no usarlos para asegurarse de que un embarazo adelantaría sus planes desesperados de vestirse de novia. Lo que no sabía era que Sergio, al enfrentarla al siguiente día de la noticia, le sugeriría un aborto con la necia excusa de que probablemente ese hijo no era suyo.

Liza lloró desconsoladamente ante esta humillación. Sergio sabía que una mujer tan desagradable como esta no iba a tener la suerte de haber tenido muchos otros amantes antes que él, pero no encontraba otras razones mejores para alejarla de su lado. Sabía que estaba siendo un patán, pero no podía darse el lujo de tirar a un lado su aclamada y amada vida de soltería. Le dijo que luego del aborto, se olvidara de él ya que no quería volverla a ver.

La joven no se dio por vencida. Sabía que un hijo sería el eslabón, que aunque a distancia, la mantendría al tanto de los movimientos de Sergio. Haría todo lo que estuviese a su alcance para ganar su atención. Así que lo amenazó con obligarlo a hacerse una prueba de paternidad y mostrársela a su esposa. La muy ingenua llegó a pensar que la negación de Sergio era por estar casado, lo cual no venía al caso. Más tarde le dijo que lo acusaría de violación, pero nadie le creería porque en lugar de verse muy molesta e indignada, la cara le irradiaba felicidad y sentimiento de triunfo. Poco a poco fue sembrando desespero en Sergio hasta el grado que este supo que se había metido con una loca de atar. Más que enfadarse, se fue enterneciendo con la mujercita demente que le rogaba amor, aunque nunca llegó a sentir eso por ella. Cuando ya la lástima que le tenía era inmensa, le ofreció pagarle los servicios de un psiquiatra que la curara de su amor hacia él y llegaron al acuerdo de que el niño llevaría su apellido, que le pasaría la pensión correspondiente, pero ella tenía que prometer que lo dejaría continuar con su vida. A pesar de que Liza así lo aceptó, el único que parecía cumplir con lo estipulado era él.

La vida no deja de jugar bromas pesadas y Sergio se convirtió en el padre de un extraño niño.

Cuando esta verdad salió a la luz, ya la relación de Anabelle con Sergio estaba en marcha y le tocó escuchar la noticia de que su hijo iba a nacer. Sentada en el auto en que paseaban, sintió mareos y náuseas, mientras Sergio le contaba los detalles de esta historia. Le tomaba por sorpresa enterarse que andaba con un hombre cuya loca desquiciada estaba en un hospital para dar a luz. Miles de malvadas ideas cruzaron por su mente y con uno de sus comentarios, sembró la duda en él.

Le dijo que estaban corriendo para un hospital donde verían nacer a su supuesto hijo, cuando realmente algo le decía que no todo estaba bien. Con esto quería hacerle ver que quizás él no fuera el padre de la criatura porque de esa noche él apenas recordaba nada. Sergio la miró y palideció. Sus náuseas se trasladaron a él y tuvo que abrir la ventana del conductor para dejar su vómito sobre la brea que sostenía el vehículo que los arrastraba hacia aquel hospital. Por primera vez supo que tal vez otro hombre había dado vida a esa criatura, pero prefirió no pensar en eso.

Apenas Anabelle vio al bebe, notó que no había mucha similitud entre su supuesto progenitor y él. ¡Claro! A veces los niños nacen sin parecerse a nadie. No quiso seguir sembrando maldad en el asunto y mantuvo silencio. Se quedaba observando todo a su alrededor; con mayor precaución porque se trataba de su hombre. Había algo que le extrañaba. Las mujeres suelen tener un sexto sentido que muy pocas veces se equivoca y por eso se centró en José.

Este era un joven muy guapo. De hecho, tenía mucho parecido a Sergio. En varias ocasiones, al verlo de lejos lo llamaba por el nombre de Sergio pensando que se trataba de él. La única diferencia era que José tenía una cabellera lacia que solía peinar constantemente por la extensión de su pelo. Sergio, en cambio, tenía un cabello rizado que prefería cortar para no tener que pasar mucho tiempo amansándolo.

A causa de su bajo rendimiento laboral, Sergio fue despedido de su empleo, y ya cuando empezaba a deseárselas por no tener dinero que pasarle a la madre de su hijo, supo que Liza estaba muy tranquila, sin que nada le faltara porque José se había ofrecido a velar por el niño. Sergio lo tomó con mucho agradecimiento ya que se trataba de uno de sus buenos amigos y pensó que trataba de ser solidario para con él.

Anabelle se tomó el atrevimiento de invitar a un café a José en la ausencia de Sergio. En medio de una plática muy amena, no vaciló en comentarle sobre su notable parecido con el hijo de Liza. No dejó de sonreír, aunque negó que hubiese tenido algo con ella. No le creyó ni una de sus palabras. Las mujeres saben cuándo un hombre miente porque no tienen talento para manejarlo tan bien como ellas.

Sin que José se diera cuenta, esta había tomado su cepillo y lo había guardado en su bolso. Para no descuidar ningún detalle, en caso de que lo del cepillo le fallara, colectó su cuchara, servilleta, y no se llevó sus calzones porque no se los podía quitar. La verdad era que podía, pero no quería. Pensaba que José debía ser aburridísimo en el sexo. Buscó en internet una página que se encargaba de realizar pruebas de paternidad por correo. El asunto no le parecía muy confiable, pero no tenía muchas otras alternativas que digamos. Junto al cepillo, adjuntó un cheque por trescientos dólares y dejó viajar el paquete. Un mes más tarde tenía un papel entre sus dedos que indicaba que José era el padre biológico del niño en un 99.9 por ciento. Para colectar el ADN del bebé tuvo que fingir que era una excelente madrastra. ¡Hasta le calentaba la leche del biberón y le susurraba nanas al oído! Su sacrificio le hizo dueña de una información tan importante que no sabía qué hacer con ella.

No quiso pisotear la hombría de Sergio, y por eso jamás le contó nada sobre el asunto, pero no perdió el momento para dejarle saber a José que conocía toda la verdad. Este dijo que no le importaba escucharla porque ya era muy tarde para que Sergio entrara en una disputa judicial con la intención de librarse de su responsabilidad con el niño. Le molestaba el hecho de que mensualmente había que sacar un cheque de pensión para el bebé. Sergio le reclamaba indicándole que esa era su responsabilidad como padre. Le molestaba porque sabía cuál era la verdad, pero no la podía gritar a los cuatro vientos. Sabía que Sergio no lo toleraría, pues ya empezaba a encariñarse con el niño.

Tiempo más tarde supo que esa noche de loca pasión, en la que Sergio estuvo íntimamente con Liza, no fue el único que disfrutó. Luego de tener su momento de placer, quedó profundamente dormido por su borrachera. Horas más tarde, llegó José al lugar. Encontró desnuda a Liza en el baño dándose una ducha. No dudó en hacerle compañía. La luz estaba apagada, Liza pensó que Sergio venía por más. José usó su astucia y se mantuvo en silencio, cuando ya había descargado su miembro viril dentro de ella se retiró de la bañera sin decir más, y salió sin ser visto del apartamento. Liza se vistió lentamente y al ver a Sergio dormido, pensó que lo mejor era no preguntarle si lo había vuelto a disfrutar y se acostó a dormir junto a él. Ella también desconoce quién es el verdadero padre de su hijo.

Anabelle, muchas veces pensó en decirle a ella la verdad, pues le enojaba bastante ver lo insistente que era con los pagos de la pensión del niño y como no dejaba de ser la sombra entre Sergio y ella. Solía llamar a horas no adecuadas con pretextos absurdos, le enviaba mensajes de textos con deseos de buenas noches y aparecía en su hogar cada vez que él no respondía sus llamadas. Se sentía con derechos que no le pertenecían, pero ella seguía callando, esperando el momento oportuno para bajarla de su pedestal, aunque cuidando a Sergio de que no se enterara de nada.

Con el tiempo, Liza pudo entender que Sergio jamás la querría y dejó de ser la perturbadora mujer que era. Comenzó a desfilar con distintos amantes que no le duraban más de un mes. Y como comprendió que su hijo no fue su pase de salvación, decidió otorgar la custodia del menor a sus padres, luego de que Sergio le dijera que tampoco estaba interesado en ser un padre de tiempo completo. Se conformaba con verlo un día cada dos semanas. Anabelle era feliz con eso. Bastante tenía con el cuidado de su hija como para venir a ser la niñera del hijo de uno de los mejores amigos de su marido. No permitiría que la ridiculizaran así. No sabía si guardar silencio sobre esa verdad era lo correcto, pero a veces el que calla, otorga.

Podía enfrentarse a esto y mucho más. Justo cuando trataba de convencerse que había hecho la mejor elección al estar con Sergio, una nueva sensación de amargura comenzó a invadir su ser.

Sergio tuvo la suerte de encontrar prontamente un nuevo empleo. En esta ocasión se trataba de ser el encargado de un inmenso supermercado. Su horario de trabajo la hizo muy feliz porque era nocturno, lo que significaba que ambos compartirían las horas del día juntos, luego de haber recuperado energías al dormir. De pronto empezó a notar que el celular de su esposo siempre estaba en modo de silencio y que al cargarlo lo colocaba bocabajo. Quizás eran manías suyas de mujer celosa, pero no le agradaba este detalle y se lo dejó saber.

- *¡Siempre con tus mismas mierdas!*

- *El que nada debe, nada teme. ¿Cómo está esa nueva manía de apagar tu celular o ponerlo a vibrar cuando estás en casa? ¿Tienes algo que decir?*

-*¡Ahí lo tienes! Si quieres averígualo de arriba abajo y te pago si encuentras algo. ¡Ya me tienes harto!*-Sergio tiró su teléfono sobre la mesa de noche con una descarga de furia entre sus dedos.

Cuando dijo que pagaba si encontraba algo, supo que

Sergio estaba siendo muy precavido con sus cosas y que se estaba cuidando de no dejar evidencias. No tardó en colocarle una clave numérica a la pantalla de su celular. Algo andaba mal y tenía que descubrirlo.

Comenzó a ser hostil en casa y buscaba pretextos para salir durante el día. Cada vez era más notable su cambio. Ella esperaba alguna prueba contundente. Sergio nunca aceptaba algo sino mediaba una evidencia Una tarde decidió llamar a la compañía celular que facturaba la cuenta de Sergio. Atendió una voz joven de un caballero que dijo que no le podía brindar la información que solicitaba pues no era el titular de la cuenta y tampoco estaba autorizada en ella. Cuando este notó sus sollozos detrás de la bocina de su celular, le preguntó cuán grave era el asunto por el que estaba pasando. Le explicó todas las dudas que tenía sobre su marido y mintió diciendo que era una mujer maltratada que estaba a punto de ser echada a la calle por la nueva amante de su actual pareja. Le dijo que solo quería tener evidencias que la ayudaran a probar una infidelidad para que así no pudieran echarla y poder darle a su hijita un techo seguro. Prometió que si la ayudaba, jamás revelaría su nombre y tampoco diría cómo había conseguido la información. El hombre dijo que a él no le gustaban las injusticias y que le parecía bastante convincente, por lo que estaba dispuesto a ayudarle por una humilde aportación de quinientos dólares en efectivo que debían ser entregados en el centro comercial más cercano en horas de la tarde. Consiguió el dinero y en la noche ya estaba sentada sobre su cama con un extenso registro de llamadas que confirmaban la continua comunicación de Sergio con su nuevo entretenimiento llamado Yalín.

El hombre había sido tan amable que le había incluido los mensajes de textos compartidos entre Sergio y Yalín. Todo era muy doloroso, pero quería saber quién era su rival. Así que una mañana se engalanó para ir de compras. Las hojas que le habían entregado revelaban la dirección física del titular de esa cuenta. Vivía muy cercano al nuevo trabajo de Sergio, y tras haberla seguido en varias ocasiones, no se le hizo difícil descubrir que ese día tenía que ir de compras al supermercado en el cual trabajaba su marido.

Preguntó por una amable cajera que la había atendido hace varios días a la cual buscaba para felicitarla por su excelente servicio y dio su nombre. Le dijeron que debía ser un error porque la única empleada con ese nombre era la Gerente del turno de la noche. Se retiró sin hacer más preguntas. Tampoco quería despertar sospechas. Regresó a su casa y estacionó su auto del otro lado de la calle.

Tenía hijos y hasta un esposo. Era una mujer muy joven de baja estatura. Su cabello era de ese rubio teñido que parece blanco. Sus caderas tenían las dimensiones de una lavadora y sus senos eran dos montañas en declive. Su maquillaje era capa sobre capa de diversos colores y su labial era de un intenso color rojo que no hacía juego con ninguna otra tonalidad de sus vestiduras. Admiraba el valor de sus plataformas al sostener tanto peso y sus pantaletas tenían que ser de hierro para no dejar escapar la masa de carne que se derretía dentro de ellos.

Su pusilánime marido parecía su marioneta. Anabelle entendió que era el trofeo en la vida de Sergio, pues más que amarla, estaba para que la gente admirara la hermosa mujer que tenía. Era la esposa buena que todos alababan.

Era esa mujer que los amigos de su esposo retrataban cuando daba la espalda. La que cada vez que miraba, agarraba desprevenidos los ojos saltones de los vecinos de la calle. Todo eso era lo que hacía que Sergio se quedara con ella. Vivía de muchas apariencias. Se sentía muy macho al saber que tenía la hembra que otros matarían por llevar a su cama. Y ella tan pendeja que tuvo que tragarse este horripilante momento para darse cuenta de tal atrocidad.

Decidió que ya no tenía que callar más. La llamó a su celular. Le dijo que sabía quién era ella, dónde trabajaba, quién era su marido y mintió diciendo para intimidarla, que sabía en cuál escuela estudiaban sus hijos. Le dijo que Sergio le había dado su número porque ya no sabía cómo quitársela de encima y la amenazó con ir a buscar a su esposo y decirle la doble vida que estaba llevando. Ella se asustó muchísimo, pero intentó sacar valor al decirle que si eso era verdad, se lo tenía que decir Sergio en persona, pues no tenía por qué hacerle caso a una mujer demente.

Yalín tenía razón. Era Sergio quien tenía que arreglar este asunto. Llegó a la casa y llena de rabia le gritó todo lo que sabía. No entendía qué había hecho para merecer esto. Él tampoco sabía por qué lo estaba haciendo. Dijo que últimamente se sentía vacío y que estaba buscando llenar ese espacio.

Lo sabía… Debió haber abandonado a este hombre en ese momento, pero su orgullo le pedía que ganara la batalla. Su intelecto no quería entender que a veces perdiendo se gana. Solo quería sentirse con la satisfacción de quedarse con él y dejarla a ella sin nada. Le dijo a Sergio que llamara a su amante y que fuera repitiendo todo lo que le decía.

- Sé que mi mujer estuvo hoy en tu casa. La realidad es que quiero pedirte que me dejes tranquilo y que no vuelvas a buscarme más. Amo a mi esposa y cometí un error al buscarte a ti. Si fueras una mujer decente no le harías esto a tu esposo. Por eso no podría tener nada serio contigo porque ya dejaste muy claro lo zorra que eres.

-¿Cómo te atreves a hablarme así?

- Si viste bien a Anabelle te darás cuenta que no cambiaría una Gucci por un Aeropostal. Así somos los hombres, buscamos la primera puta que se nos cruza para bajar las ganas acumuladas y cuando lo hacemos se acaba. Aparte, no sé qué hace tu marido en tu casa porque eres lo más aburrido que he tenido en la cama. Pareces una plasta; una cerda sudorosa que te derrites en tu propia grasa. ¡Me das asco!

Yalín gritaba al otro lado de la línea mientras Sergio continuaba repitiendo cada una de las palabras de Anabelle. Tenía tanta rabia que no sabía la humillación por la que Sergio estaba haciendo pasar a esta mujer, pero no eran momento para tener misericordia de una puta a la que no le había importado poner en juego la unión de dos familias.

Ella siguió insistiendo por varios días, pero Sergio estaba tan asustado que cambió su número celular y jamás se atrevió a preguntarle cómo lo había descubierto todo.

Le ofreció dejar su empleo para asegurarle que jamás la volvería a ver, pero ya se estaba acostumbrando a nuevos lujos y no estaba dispuesta a volver a perder esto.

Ya se las arreglaría para sacar a Yalín del camino. Que Sergio dejara el empleo no era la solución. Exprimir su bolsillo, lo era. Si quería un diamante en casa, debía pagar su mantenimiento.

Siguió visitando diurnamente el supermercado. Se hice muy amiga del Supervisor de turno. Utilizó sus encantos para ganar su confianza. Jamás imaginó que se trataba de la esposa de Sergio. Un día le dijo que conocía a Yalín e inventó que la habían despedido de su anterior trabajo por ladrona. Lo instó a que verificara si últimamente no habían desaparecido bastantes cosas. El pobre jamás imaginaba que mientras ella platicaba largo y tendido con él en su oficina, le había pagado al vagabundo de la esquina para que se robara hasta los clavos de la cruz del supermercado. Ya había estudiado las cámaras de seguridad y sabía cuáles eran sus puntos ciegos. Allí era donde entraba su indigente predilecto y hacía desaparecer las cosas. Curiosamente y por motivos un tanto extraños, Yalín fue despedida. Esa fue una misión cumplida.

No comprendía qué la seguía atando a Sergio después de haber hecho trizas a su rival, pero allí seguía, junto a él. Algo de sentimientos tenía escondidos.

Un desasosiego le invadió de repente y abrió sus ojos para ver que la sombra de Sergio acababa de cruzar el pasillo de la casa. ¿O no?

Capítulo 3

Ellas

Si existía un Mar Rojo y uno Negro, Anabelle empezaba a descubrir el Mar Amarillo al mirar la cantidad de orín que depositaba aquel delgado perro en la entrada de la casa de su hermana. Ahora entendía por qué odiaba tanto a los perros machos. Tenían un despreciable talento al levantar sus patas y marcar territorios, aunque a nadie le importara para qué lo hacían. Tampoco es que fuera amante de ningún otro tipo de animal pues sentía que estos ocupaban mucho tiempo de su dueño y para hacer cosas mediocres, ella no se prestaría jamás.

En medio de sus manías, se encontraba la de asociar colores a cualquier elemento que observaba. De pequeña, preguntaba los nombres de todo aquel que conocía y los recordaba luego por su color.

-Buenos días, amable señor...podría decirme cómo se llama.

-Victor, ¿y tú?

- No se preocupe por mi nombre, señor Rojo.

Dependiendo de alguna cualidad, Anabelle te asociaría con algún parecido evidente, según ella, para con ese color. Decía que las Lauras eran moradas, que las Biancas eran blancas, que los Elvis eran azules y así por el estilo. Atraída por este fenómeno que su mente le había propuesto crear, al llegar a su adolescencia, incluyó en su lista de excentricidades, el conocimiento e investigación del aura. Le fascinaba ver cómo una cámara podía retratar el color que definía nuestra identidad. Su fascinación se vio un día tronchada cuando al fin tuvo su propia foto y la mitad superior de su anatomía se veía muy oscura, mientras que la inferior tenía más colores que una hada madrina en medio de una batalla con satanás. No se inmutó en buscarle significado a su foto, porque la lectura de la misma tenía un costo adicional y, porque pensó que quizás lo que escucharía ante esa misteriosa lectura, no sería del todo agradable para sus oídos.

Llevaba más de cuarenta minutos en su auto esperando el deseo real de visitar a su hermana. Había pasado mucho tiempo desde la última vez que las vio. Eran dos las hermanas de Anabelle, sin embargo hoy su visita era para la mayor, con quien algún día tuvo mayor empatía, a pesar de que si de amor se trataba, su corazón adoró más a su otra hermana.

Se bajó de su auto en dirección a la puerta principal de la casa de Yeida. Estaba desbalanceada porque no deseaba cruzar a nados el Mar Amarillo que el flacucho perro sato había dejado, y daba pequeños saltos de lado a lado. De repente una cara pequeña se asomó y la saludó sin menor sorpresa. No era algo incómodo pues hace mucho, de esto se trataba el tacto de las hermanas.

Sus ojos miraron de arriba hacia abajo la menuda silueta de aquella mujer siete años mayor que ella. Anabelle no olvidaba que había sido el "oops" de sus padres, porque su madre jamás se cansaba de decir que con dos hijos bastaba y sobraba. A pesar de la diferencia de edad, Yeida se conservaba muy bien ya que estando entrada en sus añitos decidió buscarse amantes muy jóvenes de quien imitaba su estilo de vestir y de hablar.

- *¿Quién llegó?*

Esa peculiar voz de *bichita* le recordaba a Anabelle que tenía una segunda hermana, que para su desgracia, estaba también en el hogar que había decidido visitar. Bliz era una mujer de tez muy blanca que juraba que había nacido con el ano dorado y que por esto, era mejor que todos los demás. Jamás te miraba a los ojos, pues cualquier conversación apartaba a sus ojos por encima de tu cabeza, como quien supervisa con desprecio a un ser inferior. Todo esto era muy extraño para Anabelle pues tenía muy claro que alguna vez en su vida aquellas dos mujeres, que hoy eran tan extrañas para ella, habían sido sus amigas y confidentes.

Arrepentida de haber llegado allí, ya estaba maquinando una excusa que le permitiera poder retirarse de ese hogar lo antes posible. Aunque les sonrió a sus dos hermanas, por dentro estaba utilizando la técnica que jamás le fallaba de insultar mentalmente a su oponente.

Anabelle se consideraba una princesa, y por esto, tenía tres cofres mágicos que destapaba solo para los momentos precisos. Su primer cofre era el Culto; el segundo era el Folclórico y el tercero, el de la Hipocresía.

Su cofre culto se abría ante personas que merecían su respeto al considerarlas inteligentes. Eran aquellos quienes sabían de lo que hablaban y la hacían pasar un rato interesante con los temas discutidos. Ameritaba que su cofre se abriera para ellos porque secretamente Anabelle se sentía parte de ese grupo de seres privilegiados, y no podía darse el lujo de ser excluida de allí.

Siempre que perdía el control, Anabelle abría a empujones el cofre folclórico. En él había toda una gama de vocablos con los que exteriorizaba sin tapujos sus sentimientos. Raiza odiaba este cofre porque todo el vecindario lo escuchaba cuando su madre lo destapaba y eso la hacía sentir humillada. Sergio reía, como siempre, al escuchar los conjuros que se libertaban al abrir este cajón. Pensaba que su esposa se veía muy cómica al hablar así y que era digno de admirar el poder ver que, aunque fuera por poco rato, Anabelle perdía su tan valorado caché. ¡Claro! Su risita tenía que ser a escondidas porque si esta lo veía, se encargaría de que el efecto del cofre cayera sobre él. Entonces pasaría largas noches de invierno en pleno verano.

Este era el momento ideal para que se destapara el cofre de la hipocresía. Sabía que visitaba a su hermana porque su madre le rogaba constantemente por su unión, que aparentemente, solo era útil para ella. En su cofre, Anabelle tenía guardada las frases que hacían feliz al oído que las escuchaba, aunque su corazón se estrujara al pronunciarlas. Era muy triste para ella, porque aunque ya no guardaba amor para Yeida y Bliz, sabía que estas eran sus hermanas y que no era correcto haberse distanciado tanto. ¡Ni modo! Allí estaba y tenía que buscar la manera de escabullirse pronto de ese lugar.

- *¡Hola, hermanita! Me da mucho gusto verte, corazoncito.*

Odiaba como su hermana mayor utilizaba diminutivos para todo. Consideraba que era una excusa para hacerse la mosquita muerta y ganar el aprecio de todos.

- *Sí, vine porque ya te extrañaba.*

Esto había sido un exitazo del cofre da la hipocresía de Anabelle, ya que extrañar a sus hermanas, ni tan siquiera era parte de la lista de pendientes que tenía.

- *¿Cómo has estado?- preguntó Bliz.*

Esto no tenía por qué importarle a su hermana, pero ya que preguntaba, era su oportunidad para saber si alguna de estas había visto a Sergio o había estado en contacto con él. No quería mostrar mucho interés al respecto por no verse desesperada y darles motivo de burla a sus hermanas, pero la realidad era que ya iba encontrando la razón por la que había ido a parar a esta casa.

- *Mejor de lo que imaginan- contestó.*

Estuvo a punto de preguntarle por Sergio a su hermana, ya que pensó que lo que esta quiso saber hace un rato era sobre su relación y no, sobre su persona. Anabelle había captado mal la pregunta, pero todavía no lo había entendido. A pesar de que quería saber sobre su esposo, pudo más su orgullo y...

- *¿Qué han sabido de Sergio?*

Sus hermanas se miraron y no contestaron. Esto le pareció una falta de respeto porque pensó que se estaban guardando información que no le querían dar.

No sabía nada de Sergio desde su accidente. Parece que se lo hubiese tragado la tierra. Llamaba a su celular y contestaba su buzón de voz. Preguntaba y nadie sabía nada. Su corazón le decía que Sergio, hartado de sus malos humores había despegado el vuelo a una nueva vida o un nuevo amor. Su mente comenzó a darle pistas. Entonces recordó que sus últimos días juntos habían sido un diluvio. Habían cruzado un mar de peleas, y a pesar de que Sergio intentaba mantener su buen humor para que reinara la calma, sus ojos demostraban cansancio y dolor. ¡Ella había provocado su partida y tenía que encontrarlo para explicarle su preocupación, aunque al final, él tomara le decisión que ella no quería escuchar.

- ¿Ya comiste?

- No tengo apetito. Acabo de desayunar.

No tenía deseos de comer porque tenía trabajando horas extras a su mente para que le diera una pista que la condujera a la verdad. Esta vez no sería capaz de perdonar un nuevo desliz de su marido. Lo conocía y sabía que esto era un fuerte indicio de una nueva jugada de su esposo. Ella tenía que llegar al fondo del asunto o enloquecería.

- ¿Has continuado tomando tus medicamentos?

Aunque no se veían frecuentemente, Doña Violeta, mantenía informada a sus hijas de todo lo que averiguaba entre ellas. Aparentemente, lo del accidente era parte del conocimiento de sus hermanas y con esto, Anabelle acabó de entender que la pregunta de Bliz no buscaba saber sobre su relación con Sergio, sino sobre su estado de salud. Pensó que por esto, ambas se habían mirado de aquella forma tan peculiar cuando preguntó por su esposo. Ahora sería mucho más difícil buscar información ya que se imaginó que si le contaba a Yeida sobre las andanzas de su marido y su amiga, quizás lograría enojarla e intercambiarían información sobre las infidelidades de sus esposos.

Aunque no le gustaban las confidencias, Anabelle conocía la relación alocada que su amiga Chary y Mateo sostenían a espaldas de Yeida. Esto no le afectaba porque lo que le sucediera a su hermana ya no era de su incumbencia. En otros tiempos, hubiese preferido terminar su amistad con Chary por defender el honor de su hermana. Ahora todo era muy distinto.

Una sangre caliente corría por la vena familiar, y aunque tenía una hermana que casi lega a ser monja, ni las religiosas se salvaban en esta historia.

Hace varios años atrás, Bliz estuvo convencida de que ella debía ser parte del plan para salvar al mundo terrenal de las tinieblas. Así que se unió al *Club de Pastores* de una Iglesia evangélica que pagaba sus estudios para ese fin.

Doña Violeta estaba muy alegre por esa decisión ya que su hija no había nacido con el don de la inteligencia y cada año pasaba de grado milagrosamente. Hubo maestras que le sugirieron a Violeta que ingresara a su hija en grupos especiales para niños con severas discapacidades. Esta no podía permitir que alguna de sus hijas fuera tratada así. Por lo que decidió empezar a hacer cada una de sus asignaciones escolares y a chantajear profesoras, quienes atemorizadas por sus reclamos, tenían que jugar con los promedios de su registro para asegurar el paso de grado de tan amigable alumna.

Ser amistosa no era una cualidad que representara a Bliz. Incluso sus familiares cercanos pensaron que era autista, aunque Anabelle siempre creyó que se trataba de una posesión demoniaca. Bliz solía entrar en su oscuro cuarto, y cerrar sus ventanas, provocando así mayor tenebrosidad y quedarse sentada en el centro de su cama, de espaldas a la puerta principal de su habitación. Cuando le llamaban a comer, ella giraba su cabeza y miraba de reojo a quien se había atrevido a interrumpir su meditación, autismo o posesión. Al salir de allí estaba tan blanca su piel que parecía que irradiaba destellos haciendo que su pálido rostro fuera comparado con el de un zombi. Para colmo de los colmos, decía haber hecho una promesa que le impedía cortar su cabello negro que casi le rozaba sus talones y que al atar en dos trenzas le hacía ser confundida con un miembro oficial de la familia de los locos Adams. Apenas hablaba, y cuando lo hacía era para gritar hasta que sus labios quedaban morados por la falta de oxígeno.

Por esto, cuando se sintió atraída al mundo de la luz, todos sonrieron pesando que su drástica situación estaba por cambiar. Pero se equivocaron. Bliz quiso especializarse en Exorcismos y demonios. Pasaba las noches estudiando los nombres de todas las legiones habidas y por haber. Decía que cada noche su cuarto era invadido por fuerzas que la zarandeaban y la querían desviar de su amor a Dios. Hasta juró haber visto una virgen hermosa que al voltearse, tenía una larga cola puntiaguda y densos colmillos. Aunque creyeron que hablaba de la tía de su vecina, nadie abrió la boca para contradecirla.

Un incierto día despertó más pálida que nunca y afirmó que esta etapa de su vida acababa de quedar atrás porque el mundo terrenal tenía mayores atractivos. Ahora, a pesar de su escaza materia gris, vivía una vida repleta de lujos a costillas del ingeniero apasionado que sin importarle su mal genio quiso convertirla en su esposa. Este hombre dice haber visto en Bliz una perfección inigualable que sería insoportable no tener. No le importaba en lo más mínimo que ella abofeteara su rostro en reuniones ejecutivas si lo veía depositar sus ojos en un trasero ajeno, pues solo se trata de una mujer que deseaba implantarle respeto. Ha dado a su manejo cada una de sus cuentas bancarias sin importar su merma económica radical que en menos de lo esperado prometía dejarlo en la quiebra. Se ha enfrentado a cada uno de sus familiares quienes le deseaban hacer ver que cometía un error al relacionarse con una mujer tan aprovechada, diciéndole que nunca conoció una mejor administradora de sus bienes que ella.

Desde que Bliz tuvo este golpe de suerte olvidó sus raíces. Solo tocaba su estómago el manjar más suculento y solo vestía su cuerpo aquello que sin importar su elegancia, tuviese un valor insuperable en el mercado de la moda. Olvidó su manera de hablar y decidió incorporar en su expresión un estiramiento que solo lo podía admitir su falta de inteligencia. Se convirtió en el tipo de persona que gritaba para sentirse escuchada por otros, que descuidaba a su hijo por darse los lujos que en su pasada vida no pudo tener, y aun teniendo hombres que le ofrecieron amor verdadero, decidió quedarse en una vida banal cargada de materialismo.

Por esto, quienes la conocieron antes la comenzaron a tratar por educación, pero sin aprecio. Entre este grupo de personas estaba incluida su madre, quien siempre vivió aferrada al amor de una sola hija de manera obsesiva; Yeida.

Violeta admiraba cada detalle del ser de su primogénita. Para ella solo había un mundo, y este llevaba el nombre de su hija mayor. Los otros tres hijos siempre vivieron suspirando una caricia tan sutil como las que recibía su hermana.

Yeida siempre lograba lo que quería en la vida porque allí estuvo su madre para cumplir cada uno de sus caprichos. Esto la hizo crecer siendo una vanidosa y destruyendo relaciones porque los hombres comenzaron a formar parte de su lista de deseos desde muy temprano. De esta manera fue quedándose sin amigas verdaderas, sin hombres que la respetaran, sin elementos esenciales en la vida de cualquier ser humano. Cuando llegó a su madurez, su reloj biológico la despertó haciéndole saber que su belleza estaba pasando de moda. Entonces decidió conquistar a su fuente de la juventud, llamada Mateo, a quien conoció entre copas en una barra de mala muerte de la ciudad. Para este tiempo había explorado la idea de ser bailarina exótica de no encontrar alguien que estuviese dispuesto a compartir su vida con la de ella.

Esa noche, totalmente cegada por el alcohol, ya había besado una decena de bocas de hombres y mujeres, que al igual que ella, buscaban pasarla bien. Su cuerpo había sido manoseado por tantas manos extrañas que su deseo solo le pedía llegar a la cama. Y como llevado por el destino y mareado por el alcohol, Mateo tropezó con la que desde ese mismo día se convertiría en su mujer. No lo pensaron. Se tomaron de la mano y seducidos por la pasión llegaron a la habitación para completar lo que su mente ya les había trazado. Ese fue el comienzo de una extraña relación.

Mateo no recordaba cómo había llegado a aquella curtida cama en la mañana siguiente, pero cuando Yeida le ofreció mantenerlo si obligarlo a trabajar jamás, él se arrodilló y le dio gracias a la vida por haberlo bendecido tanto.

No era que Mateo fuese un hombre poco atractivo, pero el hecho de que fuera un vago ya lo debería categorizar como el inservible más grande del planeta. Era de una anatomía aceptable y de una cabellera envidiable. Aunque lo verdaderamente tentador para Yeida era su edad. Se sentía la mujer más atractiva del mundo porque había logrado que un ternerito se fijara en ella. Pensaba que con esto iba a ser la envidia de sus pocas conocidas, sin imaginarse lo mucho que la censuraban cuando se reunían a pasarla bien. Le llamaban "Chupa" por ser una chupa niños y tener a su lado un chupa viejas. Ante los amigos de Mateo, él era su héroe. Había encontrado lo que ellos hasta el momento no habían podido alcanzar; una mujer que los mantuviera.

Una noche de hombres, Mateo decidió visitar *El palacio del Ron* junto a sus amigotes. Al verlo, Anabelle lo reconoció. Al contrario, él no tenía idea de quién era ella pues Yeida nunca la mencionaba en sus conversaciones y mucho menos tenía fotos suyas que mostrar. Esta pensó en llamar a su hermana cuando se percató que este invitaba a Chary a pasar la noche en la cama de su mujer, quien esa noche estaba fuera del país por asuntos de trabajo. No lo hizo porque esta era su mayor venganza. Eliminó de su mente esa llamada. Era el momento oportuno para callar y hacer pagar a Yeida todo el dolor que le causó en el momento de la muerte de Jeremy.

Decidió apoyar la relación de su amiga y Mateo. Al fin y al cabo, él no sabía que pecaba ante los ojos de su cuñadita. Más tarde sabría de quién era ese par de ojos que lo miraban hacer sus travesuras. Cuando Chary supo por la boca de Anabelle que Mateo era su cuñado pensó detener sus andanzas, pero cuando recibió el permiso y la bendición de su amiga no se limitó a complacer los pedidos vergonzosos que le hacía Mateo cada vez que intimaban.

El cuñado empezó a frecuentar el bar más seguido ya que sus deseos carnales eran saciados allí. Chary le contaba a su amiga cada detalle de sus aventuras. Aunque inicialmente, Mateo pagaba por los servicios prestados, luego dejó de hacerlo porque al notar algo extraño en la forma de hacer el amor de su marido, Yeida fue limitando la entrega de dinero. Como buena amiga, esta sabía que todo era parte del odio acumulado en Anabelle, decidió seguir el juego gratuitamente haciéndole pensar a Mateo que era el amor de su vida cuando realmente su corazón pertenecía a Malango Rivera. No le importó dejar de cobrar al compartir su carne aún joven.

El hecho de tener este secretito hacía que la estancia de Anabelle en la casa de su hermana fuera un poco grata. El rencor tenía motivos bien fundamentados, que ni tan siquiera el tiempo le hacía olvidar.

Jeremy era el hermano que había nacido después de Bliz, entre ambos solo había un año de diferencia. Era un chico hermoso. Solicitado por niñitas, mujercitas, mujeronas y viejitas. Era la luz de los ojos de Anabelle, y ella representaba lo mismo para él. Creció siendo un poco rebelde. Violeta no lograba entender su radical manera de comportarse, quizás porque solo estaba acostumbrada a cuidar mujeres. Pero Anabelle lo entendía y apoyaba cada uno de sus movimientos haciendo de él su amigo y confidente de las noches más tristes enmarcadas de silencio y dolor.

Jugar en los Casinos se había convertido en la pasión nocturna del joven. Dejaba todo el dinero adquirido en cada una de las mesas de entretenimiento de cada hotel. Su rostro era muy familiar en este ambiente. Fuera de su ambición por el juego, Jeremy no tenía nada que ser criticado. Trataba de ser un hijo y un hermano amoroso. Tenía una novia a la que le era fiel. Quizás por esto la suerte decidió darle una de sus mayores alegrías una noche. Salió del hotel con un premio gordo sobre sus espaldas. Tenía tanto dinero que solo quería celebrar y compartir con los suyos. De camino a casa iba pensando en todo lo que compraría para hacer feliz a las dos grandes dueñas de su corazón; su novia y su hermana. Con el dinero ganado saldaría las cuentas atrasadas de sus padres, compraría el auto que necesitaba Yeida, pagaría unas vacaciones de lujo a

Bliz, propondría matrimonio a su amada novia y se escaparía en unas largas vacaciones con su querida Anabelle.

Llegó a su casa y todos fueron partícipes del regocijo que embargaba a Jeremy. Así transcurrieron los meses. Este fue invirtiendo sabiamente su dinero en pequeñas empresas que prontamente comenzarían a rendir frutos. Los preparativos de boda se dejaron sentir. La petición de manos de la novia había sido espectacular. Verdaderamente, merecía todo lo que le estaba pasando. Hasta Violeta quiso probar su suerte en un Casino para ver si corría con la bendición de su hijo. Por alguna razón, que no era embargada de hipocresía, empezó a ver las buenas cualidades que su hijo siempre tuvo. Su relación mejoró bastante y daba gusto ver lo bien que comenzaron a llevarse los dos. Si Jeremy era feliz, Anabelle también lo era. Pero la vida es tan extraña como las cartas de una demente. Empezó a escribir unas líneas que ni el amor de su hermana pudo prever para salvar lo que estaba trazado en la vida de su pequeño amor. El destino quiso que su paso por la vida fuera tan liviano como el recorrido de una estrella fugaz. La envidia y la corrupción arrebataron su vida dejándolo inerte sobre el pavimento de las Calles de San Juan. Cuando se disponía a realizar un retiro de un cajero bancario un trío de asesinos llenó de agujeros su hermoso pecho para despojarlo unos míseros billetes de veinte. Su cuerpo fue encontrado una hora más tarde cuando una anciana histérica comenzó a dar alaridos pidiendo clemencia por el alma del ya fallecido joven.

El dolor solo parecía arropar el alma de Anabelle, ya

que en el proceso de identificar el cadáver asistieron las hermanas. Yeida preguntaba dónde se encontraba el testamento de su hermano. Bliz secundaba cada una de sus necias preguntas. Anabelle, sin pensar lo que pasaría, se atrevió a confesar que su hermano no había dejado testamento. La ambición de Bliz fue tanta que dijo tener la solución para el asunto. Estiró la tiesa mano de su hermano e impregnó su huella en un documento legal que estaba notariado.

Anabelle no entendía cómo todo estaba tan organizado como para andar con un testamento creado momentos tan cercanos al fallecimiento del joven.

Resulta que ella era la única que pensaba que su hermano nunca había redactado un testamento; Bliz también lo sabía al igual que la otra arpía. Sin sospechar que su muerte estaba tan cercana, había dialogado con un abogado dudoso amigo suyo que se vendió por un par de dólares. Este le había dicho que podía redactar un documento que dijera que en vida Jeremy había hecho un testamento en un momento donde tenía su mano diestra lastimada y que por esto, en lugar de su firma, se había utilizado su huella, marca que era necesaria conseguir en un momento donde él no se diera cuenta. Era ahora o nada, así lo pensó Bliz. Ante el coraje de Anabelle, esta decidió desmentir lo de la herida del brazo diestro de Jeremy, pero todo estaba tan fríamente calculado que Bliz recordaba que de niño, su hermano se había fracturado esa misma mano en una práctica de calentamiento de Pelota y había quedado marcado por siempre. Trató de calmar a su hermana diciéndole que Jeremy hubiese querido que ese dinero quedara en la familia. Nada pudo convencer a Anabelle de que lo realizado era bueno y mucho menos legal. El testamento fue creado, y pasado el tiempo que estipula la ley para su reconocimiento, el mismo fue oficial sin que quedara algo que esta pudiera hacer para cambiar lo que le habían hecho a su hermano. No les remordió la conciencia al utilizar como ponche el dedo frío de su hermano muerto para quedarse con su fortuna. Querían todo lo que en vida, él había soñado compartir con cada una de ellas. Ambas confabularon en medio de su muerte, y eso no tenía perdón de Dios.

Del dinero, nada fue a manos de Violeta y su esposo. A petición de Anabelle nada le fue otorgado. Toda la fortuna fue dividida entre las dos egoístas hermanas, quienes sin pensarlo, derrocharon cada centavo recibido. Ni se tomaron la molestia de realizar un entierro decente con su propio dinero. Lo cremaron y Anabelle obtuvo sus cenizas ya que no le interesaron a nadie más. Sobre sus restos, esta juró tener la fuerza de no olvidar y no perdonar lo que sus hermanas hicieron. Tampoco anduvo contándole al mundo lo que pasó ese fatídico día. Por esto es que Doña Violeta no entendía por qué Anabelle estaba tan decidida a odiar a sus otras hijas. Le pedía que se reconciliaran, pero una promesa mayor se lo impedía. El recuerdo de su hermano la acompañaría por siempre, y aunque quizás su conducta fuera reprobada por Jeremy si estuviese con vida, Anabelle no se separaba del deseo de venganza que desde el día de la muerte de su hermano le había abrasado.

El teléfono celular de Bliz sonó de repente y con una de sus excusas banales decidió desaparecer del lugar.

Seguramente, su prisa era provocada por el sentido de culpa que la mirada de Anabelle infundía en ella. Mirarla era ver en sus pupilas el reflejo del difunto.

- ¿Segura que no quieres ir al Mercado conmigo?

- No, hoy tengo cosas que hacer

- Si lo deseas puedo acompañarte.

- Sería demasiado pedir, y de todos modos son diligencias muy aburridas. No la pasarías bien.

Lo menos que deseaba Anabelle era tener pegada a su lado una de sus hermanas. Ya con esa visita era más que suficiente. La miraba y pensaba que era Marrón. No era racista, pero la piel se Yeida era las más oscura de la familia. Ese no era el motivo por el que la encontraba color tierra, esto tenía que ver más con lo relacionado a su doble cara. Veía al marrón y lo comparaba con el fango. Era por ahí que iba su línea de pensamiento.

- Veo que ya no llevas tu anillo de matrimonio.

Utilizó este conector para ver si con el tema del matrimonio lograba abordar el tema de Sergio.

- Mateo y yo tenemos problemitas.

- Lo siento mucho. ¿Quieres hablar sobre esto?

- Puede ser que me ayude hablar contigo. Podrías darme tu punto de vista y saber si soy yo la que está mal.

Haberse convertido en otra persona no había sido suficiente para Mateo. Yeida se había matriculado en clases de yoga, le era fiel al gimnasio y se había realizado un corte de cabello ultra moderno como recurso desesperado de aquel que quiere retener lo que se ha perdido.

-Lo he intentado todo; una pequeña cirugía por aquí. Sacrificios de dieta por allá. Clasecitas de Karate por aquí, rutinita de boxeo por allá. Todo por atraer a mi Mateíto, pero parece que está cansadito de mí. ¡Ay, no sé qué más hacer hermanita!

Con ganas enormes de vomitar en su cara, Anabelle respiró profundo para prepararse a entrar a la conversación que ella misma provocó.

- Los hombres son todos iguales. Algo no le debes estar haciendo bien. ¿Te has preguntado qué cosas le gustan y que tú no estás complaciendo?

En sus preguntas estaba toda la mala intención del mundo, porque sin ser su esposa, Anabelle sabía todo lo que le fascinaba a Mateo porque era su amiga quien se encargaba de satisfacerlo. Reía internamente por su hermana.

El sonido de un coche que se estaciona en reversa se dejó sentir. Los ojos de Yeida se abrieron como platos. Anabelle no se inmutó porque podía ser cualquier auto que se aparcaba, pero Yeida sabía perfectamente de quién se trataba.

Lo mejor estaba por empezar y Anabelle estaba tan distraída que no pudo darse cuenta que su visita sería una misión de odio cumplida.

Del coche que se había estacionado en reversa en la entrada principal de la casa, se bajó una mujer muy corriente que sonreía con mucha facilidad. Con detenimiento Yeida se asoma por la ventana que da acceso a la vista que deseaba y observó que la otra puerta del auto otorgó la salida a un caballero que se bajaba del asiento del conductor. La pareja se tomó de la mano y camino en dirección a la casa.

La puerta se abrió y los nuevos invitados, con desfachatez y descaro saludaron a su anfitriona. El tono de voz de Yeida empezó a tomar color. Anabelle decidió girar su cabeza porque era muy extraño de una mujer que decidió hablar con diminutivos constantemente durante toda su vida, estar levantando la voz en ese momento.

- *¡Mira cabroncito! ¿Quién carajitos es esa cuerita que te acompaña?*

- *Me suspendes lo de cuerita. Yo soy cuera completa. ¿Por qué crees que soy la que lleva de la mano a tu marido?*

- *¡Mateo, usted me debe una explicación ahoritita mismito!*

- *Por lo pendejita que es tu voz pude reconocerte rapidito. En la camita cada nochecita que tú no estabas, tu maridito me contaba lo idiotita que lucías con tu ridiculita voz.*

La cara de Yeida valía un saco de oro en ese momento.

No podía creer que Mateo se burlaba a sus espaldas con una cualquiera. Le molestaba mucho más que la muy descarada se burlara en su cara sin ninguna lástima. ¡Hasta dónde pensaba llegar Mateo con esa situación!

Anabelle dudó un segundo más en ponerse de pie para tener fila exclusiva en el drama que se estaba desatando y en donde su hermana era, por primera vez, una víctima real. Esta vez, de nada le servía su cara de mosquita muerta.

Ahora el turno de espanto lo sufrió la cara de Mateo, quien casi muere de un infarto al reconocer ese rostro que se asomaba para disfrutar del escándalo que él mismo vino a provocar.

- ¿Se conocen?- dijo Yeida

Mateo se adelantó a contestar y dijo que jamás la había visto, aunque era evidente que ya la había visto en el Palacio del Ron. Quiso callar a Anabelle, aunque necesitara que alguien le explicara porqué ella estaba en su hogar.

Chary saltó sobre Anabelle para fundirla en un efusivo abrazo que fue correspondido sin ningún problema. No sentía que tenía que negar a Chary simplemente porque venía tomada de la mano de Mateo para ridiculizar a Yeida. Sin embargo, Yeida no podía creer que su hermana fuera tan atrevida de saludar tan acaloradamente a la mujer que le estaba subiendo la presión.

- Conozco a Chary. Es una buena amiga del trabajo.

- ¡Entonces, tú sabías que estos dos se entendían a mis espaldas!

- Por qué mejor no le preguntas a Mateo a qué se debe el atrevimiento de venir a tu casa tomado de la mano con otra mujer. ¡Quizás son hermanos!

- No estoy de humor para tu sarcasmo.

Como amiga fiel, Chary no iba a permitir que la ira de Yeida fuera depositada en Anabelle. Así que se disculpó con Mateo y le dijo que aquella broma había llegado muy lejos.

- ¿ A qué bromita se refiere esta mujercita?

- Yo mejor me voy. Que te lo explique tu bebito.

Chary exageró su risa marchándose de allí de modo triunfante. Sabía que su amiga tenía que estar estallando de felicidad. Merecía tener su momento de victoria luego de haber sufrido tanto por culpa de sus perras hermanas.

- Creo que te acompaño.

-¡Tú no vas a ningún lado, hermanita! Suelte la sopita de este desgraciadito que se ha metido en una gran problemita.

Era muy cómico ver a una persona que insultaba en diminutivo. Por más que su voz quería engolarse y madurar, seguía pareciendo la Ardilla Alvin.

Anabelle tomó asiento en la sala para dar privacidad a la pareja. Era el turno de Mateo de explicarle a su esposa en qué consistía la broma que había mencionado Chary. Mentir no era la opción cuando ya tenía decidido abandonar a aquella mujer. Así que dijo:

- Aquella mujer ha sido mi amante desde hace algún

tiempo. La conocí en su lugar de trabajo. Aunque no tenemos nada serio, no puedo negar que he tenido muy buenos momentos a su lado. Con esto no pretendo decirte que al salir de aquí voy a ir tras ella a pedirle matrimonio, pues no tengo esas intenciones para con ella. Quiero a alguien de mi edad que comparta mis intereses como en un principio hiciste tú. Me convertiste en tu pieza de colección y dejé de sentirme amado, si es que algún día me amaste de verdad. Hoy ya no lo sé y nada me parece seguro. Chary te habló de una broma porque más que amantes, ahora somos buenos amigos y tenemos muy claro los límites de nuestra relación. Ella acaba de perder al hombre que amaba y mis manos no han vuelto a tocar su cuerpo hace mucho. Tampoco me hace falta hacerlo.

Tiraste a un lado tu esencia de mujer y descuidaste al hombre que fue buscando placeres a otros rumbos. En ese mundo me encontré con ella, quien estuvo dispuesta a acompañarme hoy, para hacerte entender que una reconciliación entre nosotros sería imposible. Pensé que al verme de las manos de otra mujer, no tendrías el valor de perdonarme, pero ahora veo que tus ojos dicen lo contrario y me arrepiento de mal rato que acabo de hacerte pasar. Llegué demasiado lejos con mis planes de escape y no medí el dolor que todo esto iba a causar en ti, pero la realidad es que ya no siento lo mismo que una vez me hizo temblar al verte y mi corazón me pide a gritos que lo deje viajar en busca de nuevas aventuras. Te agradezco los momentos de...

Yeida había dejado de escuchar a Mateo desde hace algún rato. Comprendía que no le dolía tanto que este hombre la estuviese dejando. Quien estaba llorando a gritos era su orgullo, quien se negaba a aceptar que un tipo mediocre como él le pidiese el divorcio porque ella no fue capaz de mantenerlo enamorado. Se preguntaba cuánto trabajo le costaría encontrar una nueva víctima que mantener ya que el tiempo perdido con Mateo la había envejecido física y emocionalmente. Pensaba que era un maldito malagradecido que le sacó el vivir y ahora quería comer carne fresca porque las suyas ya no le calmaban su voraz apetito masculino. Decidió mirar con valor los ojos de aquel pervertido y le dijo:

- Dile a tu perra nueva que tu pene es pequeñito y que te vienes en dos minutitos. ¡Suerte en la vida mariconcito!

Escuchando aquella conversación, Anabelle había comenzado a llorar y sentía tristeza al pensar que el castigo de su hermana había sido mucho más cruel de lo que ella se había imaginado. Quiso intervenir para decirle sus verdades a Mateo, pero saldría a la luz que ella había sido cómplice de aquel engaño por mucho tiempo.

Convencida de que sus palabras habían herido grandemente el ego de Mateo, la hermana mayor de Anabelle dio la espalda a su pasado y caminó para saber qué era lo que incomodaba a su hermana, pues sus chillidos llegaban hasta la puerta donde ella y Mateo se habían quedado discutiendo un rato atrás.

En el fondo, Anabelle estaba complacida que Mateo no contase nada sobre ella. Él pudo haber dicho que ella lo sabía todo, pero como aún no quedaba claro cuánta información podía tener su cuñada sobre sus travesuras con

Chary, simplemente calló y confió que de ese modo todo estaría mejor.

- ¿Por qué esas lagrimitas? Ya era hora de que hubiese mandado esa mierda al carajito hace mucho. Lo triste es que no lo vi venir y el muy cabrón me dejó a mi primero. ¡Eso sí duele muchito!

Anabelle lloraba porque supo lo mucho que le afectaría escuchar de Sergio aquellas palabras que Mateo le había dicho a su hermana. Aunque luego comprendió que a Yeida no le importó nada, en su lugar, ella hubiese sufrido bastante. Ya no tenía por qué seguir guardando rencor, ya que en vida ellas estaban pagando todo su mal. Había sido testigo de la humillación que acababa de sufrir Yeida y no podía olvidar que el orgullo de Bliz había sido pisoteado desde el momento en que el ingeniero que la mantenía le había puesto los cuernos con la chica del aseo. Mucha pintura y capota era la fachada que cubría un corazón cubierto de infelicidad.

Pensó llamar a Bliz para preguntarle cómo iba con el tratamiento de su corazón pisoteado, pero en lugar de buscar reconciliación esto iba a lograr que la acabara de enterrar en vida. Total, si algo hubiese empeorado, ya su madre se lo hubiese contado.

Era momento de dejar atrás su orgullo, pues sentía que desde el cielo a Jeremy se le acababa de hacer justicia y su corazón se sentía tan libre como el día que fue dada de alta tras haber sido casi asesinada por aquel loco demente que apareció en su trabajo.

Su reflexión le iba haciendo sentir que si en su vida

había tantos problemas, era porque el centro de todo debía ser ella. Si quería comenzar a recuperar su cordura tenía que dar su brazo a torcer. Para esto debería comenzar a hablar sobre el tema que había estado intentando abordar desde que pisó la casa de su hermana. Por más que preguntara, nadie sería más ridícula que Yeida durante ese día. Ella se había ganado el Oscar de la Humillación, en una obra donde todos eran del patio para mostrar su talento local.

Recordó que para ella, Sergio siempre había sido gris. Al color gris se le asocia con la independencia, que representa a aquellos que ya son autosuficientes porque poseen un poderoso control de las emociones de su alma.

Si mal no recuerda, Anabelle leyó en un libro que compró en una tienda esotérica que el color gris produce sentimientos negativos. Esto la confundía porque muy pocas veces se sentía así en su compañía. Más cuando lo miraba intentando relacionarlo con algún otro color, densas y oscuras nubes grises cubrían su parte superior del cuerpo.

El gris es el color de la evasión. Sergio estaba separándose de todo para huir de sus compromisos y promesas de amor.

No quería dejarlo entre nieblas porque estaba convencida que retomando nuevas fuerzas podía encaminar su relación.

Aquella sensación de una mano que tanto conocía se posó sobre su hombro y un delgado hilo de viento trajo a su olfato el agradable perfume de aquel hombre que la estaba haciendo sufrir.

En un río de llanto, el rostro de Yeida se transformó cuando sintió que se erizaba y se tornaba helada la piel de Anabelle, pues conocía lo que la vida en ese momento le estaba haciendo palpar.

Capítulo 4

La hija

¿Loco, demente, psicópata o lunático?

Era difícil encontrar una diferencia entre estos términos pues en su registro mental, un loco es quien tiene trastornada toda facultad mental. Y si esto era así, lo mejor sería pagarle un tratamiento médico con un psiquiatra sin olvidar que su estadía debería ser en un manicomio. Hoy día todos somos locos si no seguimos la corriente ajena. Por otro lado, un lunático no es quien va o viene de la luna, sino que casualmente, es también, ese alguien que sufre de locura o falta de cordura. Prefería usar ese término para aquellos que se atrevían a hacer cosas que nadie más arriesgaría su pellejo en hacer. Una lunática era aquella indigente que pedía dinero en la luz vestida de prostituta y luego entraba a la Iglesia a compartir sus ganancias con el cura.

Si tenía que clasificarse en alguna de las primeras dos categorías, sin duda alguna escogería la primera porque en nivel de intensidad los locos parecen menos locos. Anabelle decía que un loco es aquel que por algún dolor decidió sufrir más de quince días, pues esto es evidencia de su debilidad y de su falta de deseo por resolver su problema. Lo normal sería lloriquear una semana y decir que te vale madre y sacar el coraje de donde no existe para demostrarle al mundo de lo que somos capaces. Pero había descubierto que hay situaciones que no solo causan dolor, si no también, coraje. El lunático no sufre coraje. Este solo vive desconectado y totalmente desorientado, cosa que con un buen pescozón a tiempo puede ser curado. Entonces, si se tiene coraje, además de odio...debemos ser, ¿psicópatas?

En este grupo están aquellos, que al igual que los anteriores, tienen una enfermedad mental o psíquica a la que se le suma una conducta poco reverente dentro de la sociedad que le impide ser aceptado por la mayoría. ¿O quién carajo quiere sentarse al lado de un psicópata en un tren subterráneo? Vivimos creyendo que el psicópata es aquel que sonríe maquiavélicamente mientras piensa cómo asesinarte asegurando un proceso doloroso en el acto. La palabra "psicópata" tiene demasiado peso, y pensamos que el asesino es su amigo fiel. Nada más tenemos que mirar las películas de terror para convencernos de esto. Este término era muy cruel para que ella pudiera pensar que así era su ser. Jamás había tenido la intención de matar a alguien, aunque creía que los accidentes suceden de vez en cuando.

No estaba muy convencida de querer ser una loca. Tenía que haber una palabra más adecuada y precisa que revelara su sentir.

Quedaban los dementes. Un demente es un loco. Si está loco es porque sufre de un deterioro de sus facultades mentales, al igual que los demás. Esa palabra tenía que tener una característica que la hacía única.

Para Anabelle, una persona demente es la que tenía la capacidad de ver lo que los "cuerdos" no quieren ver, o sea, es aquel que decía la verdad que nadie quería escuchar, porque al menos para esa persona es su verdad. Cada cual tiene el derecho de tener su propia verdad, y la de ella, era una dolorosa verdad.

Freud ofreció tres opciones para afrontar la vida cuando el mundo es muy difícil de ver; desmentir, negar o, la opción "más sana" que es la de no aceptar la realidad y transformarla en una búsqueda constante del placer. A pesar de que este grandioso descubrimiento salió a la luz más o menos para el año 1924, aún seguía siendo muy útil para la búsqueda del placer de Anabelle. No quería evadir su realidad, solo quería afrontarla de la mejor manera posible.

Habían pasado cinco años desde aquel terrible abandono de su esposo. Todos le decían que debía dejarlo ir, pero ella atesoraba el recuerdo de aquel hombre que la dejó atrás. Era una realidad que no podía cambiar, pero que tampoco la dejaba crecer en el amor. Pesadillas la atormentaban frecuentemente en las noches. Despertaba empapada de sudor al recordar sus grandes manos acariciar su cuerpo, para luego darse cuenta que se trataba de un hombre sin rostro que se burlaba de ella con desprecio, haciéndole saber que no era nadie importante en su vida.

Durante los primeros días, movió cielo y tierra para encontrarlo.

-Hola, hija ¿Qué te trae por aquí?

- Me da mucha vergüenza, pero quisiera saber qué está pasando por la mente de su hijo que no llama y que no regresa a su hogar.

Las primeras entrevistas no fueron fructíferas. La madre de Sergio no quería lastimarla con la verdad. Prefería decirle que su hijo decidió tomarse un tiempo para saber qué quería con su vida, pero un día dijo lo que los oídos de Anabelle detestaron escuchar.

- No te ama, hija. Tienes que olvidarlo ya. Me lo ha dicho y me ha pedido que dejes que sea feliz.

Las palabras de María fueron lanzas punzantes en el alma de su ahora antigua nuera. Miraba su foto en la pared mientras escuchaba el sonido estridente de la verdad. Sus lágrimas comenzaron a rodar por sus mejillas y solo quería respuestas que dieran satisfacción a sus interrogantes.

- ¿Por qué lo hizo?

María respondió que Sergio se había cansado de cuidar una hija que no era suya y que no toleraba el ambiente hostil que reinaba en su casa. Sergio tenía mucha confianza con su madre y le contaba todo. Anabelle también veía en María una segunda madre y por eso tomaba con cariño que su suegra le llamara "hija".

- Nada es motivo para que decidiera abandonarme sin despedirse. Raiza tampoco es mi hija, pero eso no me da el derecho de dejarla atrás. No es un perro. Es un ser humano.

Sentía que su corazón estaba herido. Cuando Raiza llegó a su vida la llenó de luz. No la había parido, pero la había amado desde el primer instante en que la vio. Supo, de inmediato que había sido enviada a este mundo para que se vincularan como una familia; como una madre y una hija que jamás se abandonarían. Nunca pudo quedar embarazada. La idea de adoptar había sido de Héctor. Si alguna vez tuvo una grandiosa forma de pensar, fue esta.

Con Raiza pudieron ser padres. Cuando su relación terminó, solo ella quedó para llenar ambos lugares de esta difícil crianza. Una vez más demostró el poder que irradiaba su alma. ¡Qué triste que este hombre también abandonara el mejor regalo que Dios le había dado! Pensó que el machismo no permite que un macho pueda sentirse grande si no logra depositar en una mujer su ADN.

- *Cuando mi hijo se fue de la casa, ya estaba enamorado de otra mujer. No quiero que pienses que la acepté, pero por ver feliz a un hijo, una madre es capaz de todo. Intenté hacerlo recapacitar, pero me dijo que era tarde para que su corazón escuchara consejos, pues había conocido a una maravillosa dama con la que podía formar una familia propia y la que tenía la habilidad de escucharlo en sus peores momentos.*

- *¿Por qué me dejó buscarlo con desespero por tanto tiempo?*

- *Tenía que dejar que tú sola descubrieras la verdad, pero no fuiste o no quisiste ser capaz de hacerlo. Pasaba el tiempo y seguías aferrada a su ser. Me pareció que no era justo y por eso, me tienes hoy frente a tus ojos, buscando una solución que aunque parezca dolorosa, pondrá fin a tu dolor.*

- *¿Qué le costaba un adiós?*

- *Sergio escribió varias cartas que destruí. Con ellas venían fotos de su nueva pareja, de su nuevo hogar y de su nuevo empleo. Sergio quería que supieras que se* encontraba bien. Pero me deshice de cada sobre porque su felicidad iba a ser tu desgracia. No tenía el derecho a destrozarte así en medio de tu dolor. Aunque dejé de oponerme a su relación, también le pedí que no pisara mi hogar hasta haber dado cara al asunto. Tú perdiste a un esposo y yo perdí a un hijo, al que no dejo de pensar cada minuto del día. Si me he acostumbrado a su ausencia, tienes que ser fuerte y olvidarlo también.

-¿Alguna vez él supo sobre mi accidente?

-Esa noche él estaba montado en un avión que lo llevaba rumbo a su nueva vida. Una de la cual no ha querido regresar, aunque aquí se le extraña tanto. No tuve manera de avisarle lo que te había ocurrido, y cuando tuve comunicación con él ya habías sido dada de alta y no quise preocuparlo con algo que ya se había solucionado.

- Aún conservo sus cosas en mi hogar. Creo que ya no será necesario.

- Debes tomar las decisiones que sean mejor para ti. Pero es hora que des un nuevo paso en tu vida.

Ese mismo día Anabelle experimentó uno de los dolores más fuertes del mundo dentro de su corazón. Tenía que seguir adelante con su hija. Aunque quería sentir odio por Sergio, fue la nostalgia la que había sembrado su semilla dando frutos en su mente, alma y espíritu.

Pasaban los días sombríos y muy lentos. Cinco años sin Sergio eran más que suficientes para que intentara en muchos momentos apartarlo de su corazón.

Con el cambio de administración que sufrió el Palacio del Ron, los sueldos mejoraron y Anabelle no necesitaba de nadie para mantener su hogar. Su alto sentido de independencia era notable. Esto la hacía resultar mucho más atractiva para los hombres que la asechaban.

A su barra comenzó a asistir un joven que junto a su identificación falsa, lograba ganar acceso a los asientos cercanos a Anabelle, que le permitieron ganar sus diez dígitos de su cuenta de celular. Cada vez que lo veía llegar le pedía a seguridad que le solicitaran su identificación, pero su cédula era tan buena que jamás le pudieron probar que era falsa. Su atrevimiento le resultaba chocante, pero muy masculino y valiente.

Muy a pesar de su dolor, se había mantenido hermosa y esbelta. Eran sus ojos los que reflejaban el cansancio que su boca negaba tener. Se había acostumbrado a maquillarse más de lo habitual para aparentar dinamismo, aunque este había desaparecido dentro de la maleta de Sergio. Era muy cautelosa en los temas del amor porque no quería tener que volver a pasar por lo mismo jamás.

Norman, entre copas que él pagaba, le había sacado confesión sobre gran parte de su historia. Aquella mujer lo volvía loco. Traía su bolsillo cargado de monedas para hacer sonar en la vellonera canciones que le dedicaba. Le bailaba y cantaba para llamar su atención. Sus gestos estaban sembrando un poco de felicidad en Anabelle. Quizás en él estaba la respuesta que estaba buscando. Sus ligeras conversaciones se convirtieron en charlas extensas variadas. Hablaban sobre todo tipo de tema. Ella creía que esa elocuencia era parte de su juventud, y que desaparecería con el pasar de los años. Ya lo había visto antes en otras personas. Quizás lo había visto en ella misma.

Una noche, Norman la esperó hasta que finalizó su turno y le invitó a salir. Anabello negó con su cabeza, pero le dijo que podía acompañarla a su casa. Lo que deseaba ese día era sentir los brazos de un hombre que la rodeara al dormir. Aunque se moría de ganas por aceptar tan generosa oferta, Norman le tuvo que decir que no podía complacerla.

Muy lejos de enfadarse, esta se sorprendió al ver que en el mundo aún quedaban hombres decentes. Le preguntó si era casado, pero este le dijo que aún disfrutaba de su soltería, aunque llevaba la vida de un padre viudo. Le explicó que trabajaba como cocinero en un comedor escolar para dar de comer a su familia.

- *¿Tan joven y con familia?*

- *¿Viejo para estar casado, pero joven para tener familia? ¿No es una contradicción muy creativa? Considero que la familia es algo que se te regala desde el nacimiento.*

Las mejillas de Anabelle se sonrojaron al percatarse de lo estúpida que había sido su pregunta. Era más fácil pensar en mujer e hijos cuando se escuchaba la palabra "familia' que pensar en madre y hermanos. Esa había sido la causa de su falta de genialidad al preguntar esa aberración.

- *Mi madre quedó parapléjica tras sufrir un accidente automovilístico, y al ser el mayor de todos sus hijos tuve que hacerme cargo del hogar.*

- *pero, ¿ y tu padre?*

- Precisamente fue él quien provocó este accidente al conducir en estado de embriaguez. Venían de una fiesta de cumpleaños de una de sus amistades y mi perdió el control del volante y fue a parar con un poste eléctrico que le causó ese grave daño a mi madre. La peor parte la recibió ella al quedar atrapada. El sufrió simples moretones y golpes que sanaron muy rápido. Ella que no había consumido gota de alcohol pagó la culpas de un hombre que tronchó sus días.

- Por lo visto su relación no es muy buena con él.

- No, él no merece mi respeto ni el de mis hermanos. Ese canalla abandonó a mi madre cuando pudo. Hizo sus maletas y se llevó de su brazo a la enfermera que se había contratado para cuidarla y que solo él podía darse el lujo de pagar. Nos dejó solos a nuestra suerte y tuve que sacar hombría siendo un niño para dar de comer a mis cuatro hermanos.

Norman sabía de lo que hablaba ya que su experiencia le había dado la capacidad de poder entender a Anabelle, ya que esta también había sido víctima del abandono de un ser querido.

- Entonces, no me rechazas esta noche porque tienes novia, sino porque tienes una responsabilidad muy bonita que atender. Esto me hace sentir que estoy depositando mi confianza en las manos de un niño grande.

- Nunca supe lo que es una fiesta de escuela, porque estaba trabajando mientras los otros celebraban. Y no te miento si te digo que no me he perdido de nada. Mi familia es mi prioridad y daría mi vida por ellos.

Esa humildad era muy atractiva para Anabelle. Sentía que una gran huella iba ser producto de esta persona que estaba dispuesta a conocer. Aunque cada paso que daba la acercaba más a Norman, ella no se daba cuenta y pensaba que tan solo se trataba de dar y recibir confianza a cambio.

El amor comenzaba a escribir una nueva historia en un capítulo que tomaría giros inesperados, y en donde la fe, el amor y la esperanza penderían de un hilo sino había sido bien cimentado sobre el suelo de la eternidad.

Todo transcurría con tal rapidez que había comenzado a pensar en lo bien que la pasaría en un parque con los hermanos de Norman. Se preguntaba cómo serían, qué tipo de juguetes les volverían locos, si les apetecerían unos ricos helados con doble porción de chocolate o si una visita al cine sería de su total agrado. En medio de estos lindos momentos, también aparecía aquella mujer sin rostro que tanta tristeza le provocaba. Se estremecía al pensar en la soledad que produciría aquella inmovilidad inducida por un hombre que le destruyó sus esperanzas de vida y luego se desentendió de ella sin importarle en lo más mínimo la suerte que sus hijos y esta mujer pudieran correr.

En la vida había un manjar de cosas que Anabelle no quería comprender. Se hartaba de ver que algunos gozaran de un inmenso éxito mientras que otros, siendo seres humanos maravillosos, tuviesen que buscar la manera de abrirse paso en la vida. Durante mucho tiempo vivió reprochándose lo mala mujer que había sido para con Sergio de modo que su ausencia pudiese ser justificada de alguna manera. Luego, una claridad cegadora le hizo ver que su ignorancia había sobrepasado murallas tan altas hasta el punto de haberla convertido en un ser totalmente idiota, pues solo una estúpida como ella pudiera haber pensado que su gran amor había sido la causa que sacara a patadas de su vida a un hombre por el cual podía ofrecer su vida en sacrificio. Era entonces cuando se culpaba por haber querido ser más esposa que madre, dejando a su suerte la responsabilidad de cualquier buena madre, quien tan solo es feliz en compañía de sus crías. Le era muy fácil entender luego, que su hija era maravillosa porque era su reflejo, y esto significaba que la había criado como era correcto, aunque no perdía las esperanzas de poder pegarse en la lotería y no tener que trabajar para poder pasar cada minuto del día junto a ella. No quería sonar vanidosa, pero se hinchaba de orgullo al ver lo hermosa que crecía, aunque esto le hacía preocuparse de más al pensar que algún desquiciado pudiese aprovecharse de ella en la calle durante un momento de soledad o descuido. No era que quisiera convertirse en una Doña Violeta parte dos, pues nunca le permitió a sus hijas subirse a un columpio por miedo a que se rompieran una pierna o se abrieran la cabeza si se caían de espaldas o peor aún, negar cualquier posibilidad de asistir a una fiesta escolar por aquello de lo pecaminoso de su sentido sin notar que en la vida hay que caer para aprender a levantarse, y en esa materia ya Anabelle se estaba volviendo una experta porque de tanto caer y pelarse las rodillas ya estaba adquiriendo un doctorado en erguirse con rapidez en momentos de adversidad.

Quizás por eso, aunque no quería aceptarlo, Anabelle le estaba entregando solicitudes de amor a su nuevo candidato mucho menor que ella. ¿Cuánta importancia puede tener la edad en los asuntos del amor? ¡Dios! TODA… Sentía que cuando entraba en contacto con su piel estaba acariciando el trasero lampiño de su hija al nacer. Le amedrentaba sentir lo tierno de sus carnes y al despedirse en las noches, temía ante cualquier patrulla que veía, pensado que por pedófila se la iban a llevar arrestada. Se sabe por demás que luego de los dieciocho, la mayoría de las cosas están en ley, y Norman había dejado atrás esa edad hace unos tres años, o sea ya tenía su mayoría de edad. El problema para Anabelle estaba en que ella acababa de celebrar su cumpleaños número treinta y cuatro y se moría de pena de sentir que estaba pervirtiendo a un menor. Era incapaz de contárselo a sus hermanas, porque ella misma había disfrutado el apodo de "chupa" que había recibido una de ellas, con la única diferencia que aquí la verdadera "chupa" era otra que se estaba chupando literalmente el jugo de su nuevo niño. De verdad que en esta vida todo se paga; este pensar evitaba que Anabelle presentara a su hija con Norman o viceversa. La madre de este acabaría de morir si le viera la cara de vieja que tenía al compararla con la de su hijo. Seguramente estaría esperando como nuera a una carne dura de culo tieso con sonrisa de porcelana, y la saludaría dándole instrucciones al confundirle con la nueva mucama que la vida le hizo caer del cielo. Los hermanitos pensarían que llegó su nueva *Nanny Mcfee* en versión mejorada, pero aun así se burlarían de ella al notar que de vez en cuando también le sale, en esos días del mes, un asqueroso barro en su nariz. Del otro lado, su hija que ya crecía, lo veía a él como su estrella pop favorita por su refrescante manera de vestir y su coqueta sonrisa que también la hacía alucinar a ella. Ya lo había probado y eso lo había empeorado todo. Desde aquel momento, una crecida de calenturas había invadido su cuerpo. Todo fue mejor que en un cuento de hadas. No sabía cuánto había ahorrado el menor, pero de seguro, no había defraudado a su "vieja " como ella misma empezó a llamarse para identificarse en medio de esa relación. Pegaba risas cuando mentalmente se escuchaba llamarse vieja, pero le fue cogiendo cariño a su apodo y esto la ayudó a superar el estrés que esta relación le provocaba.

Esa primera vez, muy contrario a lo que se había imaginado luego de mucho pensamiento caliente en las noches, había sido a plena luz del día, bajo el calor de un mediodía que hacía que todos en la ciudad se detuvieran a comprar toallitas húmedas para secar las gotas de sudor que rodaban por sus culos. Caminando por la playa, uno de esos días que ambos decidieron darse un espacio solo para dos, y luego de haberse encontrado varias veces entre las cálidas olas sintieron que sus mentes habían sido enterradas por sus corazones, evitando que cualquier pensamiento lógico saliera a flote.

No fue difícil notar que Norman tenía todo estratégicamente elaborado para que el día transcurriera a su antojo. Había apagado los celulares de ambos para no ser interrumpidos, desde que había recogido a Anabelle en su casa, el radio sonaba canciones de amor. Más tarde, ya estando en la playa, se ofrecía a untar bronceador extendiendo sus dedos hasta zonas que en público deberían estar prohibidas. Ella miraba a los lados para evitar ser vistos por los allí presentes que ciertamente, al ser un día de semana, eran muy pocos. Al estar dentro del agua, su trasero empezó a sentir roces que presionaban su piel. Sabía por demás que la tensión del momento había hecho crecer el miembro viril de Norman, quien ya no quería disimular las ganas enormes que tenía de hacerla suya. Al considerarse la adulta de la situación, Anabelle lo invitaba a la cordura susurrando a su oído. Quería hacerle entender que a su edad esos impulsos no eran equivalentes de amor y que ella ya no estaba en edad de entregar su cuerpo a cualquiera que solo quisiera pasión, pues a cambio de su entrega debía mediar el amor. Esta lucha entre la cordura y la emoción, fue siendo vencida y finalmente ganada por el amor. No se trataba de calentura, ya era evidente que la diferencia de edad entre este par de locos, había pasado a un territorio tan lejano que ni siquiera le permitía ser detectado. Los besos aumentaron su intensidad y las caricias fueron tan explícitas que la única solución para hacerlas callar era llegar a la cama en el punto de encuentro más cercano. Dentro de esos planes tan bien trazados, Norman tenía separada una hermosa habitación de hotel. Anabelle insistía en que no era necesario ir a un lugar tan lujoso cuando bien podían llegar a su hogar. Norman le quería hacer entender que a una dama se le trata como tal. Quería que su primera vez fuera especial para ambos. El cuarto era una suite matrimonial de lujo total. Chocolates exóticos relucían sobre las aterciopeladas sábanas que vestían la inmensa cama que sería la única testigo de su pasión. Sintió que este momento compensaba el trauma que vivió en su adolescencia cuando su virginidad fue desaparecida de manera tan deprimente. Hubiese deseado que esta hubiese sido su primera vez, porque aunque añoraba las manos de Sergio en sus pechos, Norman estaba siendo capaz de despertar en ella la nueva fuente de la juventud. Era una locura automática en donde valía la pena llamarse demente. Los primeros besos fueron dulces y lentos mientras sus manos intercambiaban caricias en sus espaldas con unas fuertes ganas de que sus uñas penetraran sus espaldas haciendo un llamado a la pronta penetración. Como en un sexo de ensueño, el momento oportuno llegó y las manos de Norman separaron con delicadeza los muslos de Anabelle. La humedad había invadido desde sus inicios la parte que ahora iba a ser explorada. En un vaivén, sus caderas comenzaron a entregar lo que a ella la hacía gemir de manera enloquecida. Sus brazos rodearon su cuello intentando halar hacia sí su boca para poder sentir su lengua enfurecida dentro de la suya. Se sentía plena al ver como sus cuerpos hacían un complemento perfecto en donde todo encajaba a la perfección. El sudor era la muestra del derroche de pasión que aquellos dos cuerpos comenzaron a crear. Norman giró para lograr tener su delicada anatomía sobre la suya. En ese momento, Anabelle sintió su penetración mucho más fuerte y esto la hacía experimentar el poder ser libre y dueña exclusiva de aquel hombre, que desde ese momento quería hacer suyo a cada instante. Ella movía sus contornos imitando el ritmo de las olas del mar, y así podía observar como las pupilas de su hombre desaparecían ante los momentos de placer mientras su cuerpo quería sentir el estallar de un mundo ajeno dentro de ella. No quiso pensar de dónde provenía tanta mágica experiencia, ya que probablemente sus respuestas le inquietarían bastante. Era suficiente con saber que gracias a esto su calor interno estaba siendo saciado ante tan impresionante penetración. Cada uno llamaba al otro por su nombre para dejarle saber entre jadeos lo bien que se la estaban pasando. Intentaban dejarle saber al otro que su éxtasis estaba a punto de reventar para que sus movimientos aumentaran y el sabor de ese momento de placer fuera disfrutado al máximo. Hacía mucho que Anabelle había dejado de pensar en una relación sexual, por esto cada caricia, beso o expresión de amor era una nueva aventura que le hacía olvidar los prejuicios de la edad.

Cansados de tanto amar y con sus latidos aún agitados, miraron el reloj que colgaba de aquella hermosa pared y se asombraron al ver que horas de candente fuego habían transcurrido haciéndoles perder la noción del tiempo. Anabelle estaba por comenzar una nueva jornada de trabajo y comenzó a pegar saltitos para poder darse un breve baño e ir a su casa a cambiar su ropa. Norman quiso hacerle ver que debía tomarse la noche libre, pero ella le dijo que de todos modos su vagina ya estaba lo suficientemente cansada como para dar continuidad a aquel maratón de sexo que había terminado en ese momento. Era evidente que lo había disfrutado, pero su casa no comía con amor, sino con el fruto de su trabajo. Con un rostro acongojado, Norman abrió la puerta de la habitación con el deseo de que ella desistiera y decidiera pasar la noche junto a él.

Al regresar a su hogar, Norman estaba tonto. Su cabeza no le permitía hacer las cosas correctamente. Estuvo a punto de inyectar la medicina equivocada en el suero de su madre y echó jarabe en el biberón de su hermano en lugar de la chocolatina derretida que acostumbraba tomar. Debía darse un baño antes de acostarse a dormir, pero prefirió tirarse a la cama y hacer que su mente recordara cada momento vivido junto a Anabelle durante ese día. No podía creer que al fin la pudo tener libremente entre sus brazos y que todo su cuerpo le perteneció. Aunque durante mucho tiempo había estado pensando en la posibilidad de pedirle matrimonio, todas las inseguridades de esta mujer le habían coartado su libertad de expresión y había preferido callar, pero pensaba que aquello ya no era necesario luego de aquella entrega sin condiciones que voluntariamente los dos realizaron. ¡*Wow*! ¡Aquella mujer sí que sabía mamar! ¡No, aquello no podía ser el motivo por el que se le pedía matrimonio a una dama! Norman lo sabía, pero disfrutaba al pensar que eso era parte del paquete matrimonial al que podía tener libre acceso si se casaban. Tenía que pensar con detalles en todos los pormenores de un compromiso que pretendía culminar en boda, pero él no era la mujer para tener que perder su tiempo pensando en esas cosas. ¡Eso eran cosas exclusivas de chicas! Tampoco había conocido a su hijastra. ¡Uy, ese nombre le asustaba! Pero el reto de ser un padre tan joven de una chica tan grande le llamaba mucho la atención. Ahora, ¿aquella chica lo aceptaría?...El silencio invadía su ser, pero llegado el momento de conocerse sabría cuán cuesta arriba estaba aquella situación. Se consideraba un joven amable y sabía que con su simpatía ya se había ganado a la madre, entonces ganarse a la hija sería mucho más sencillo. Conocía las razones por las que Anabelle no le había presentado a ningún miembro de su familia. El miedo lo acosó cuando pensó en la probabilidad de que lo que acababa de suceder entre ellos no hubiese sido gran cosa para ella. Como todo hombre, intentaba convencerse diciéndose que su pene sí era muy grande y que el tamaño no sería jamás la razón por la que una mujer no le hubiese gustado aquel maratón de chingadera. Si a ella no le había gustado, de seguro comenzaría a ignorar cada una de sus siguientes llamadas y buscaría cualquier excusa para evitarlo. No quería ser un ser acosador en su vida, pero no estaría demás enviarle un ramo de rosas a su trabajo, la noche siguiente. Total, se trataba de su princesa y a estas le gustan... las amapolas...los lirios...los claveles... ¿qué rayos les gusta?... ¡Las rosas! Decidido, empezó a buscar en su celular alguna floristería a la que encargar aquella docena que sorprendería tanto a Anabelle.

En su trabajo, las cosas no marchaban muy bien. Era un día de cobro y *El Palacio del Ron*, estaba abarrotado de borrachones problemáticos. Dos intentos de peleas habían dañado la paz de esa noche y Anabelle no había tenido mucho tiempo de pensar en Norman. Por esto, las llamadas perdidas comenzaron a ganar espacio en la pantalla de su celular. El malhumor comenzaba a hacer victoria en su actitud y su fuerza tuvo que ser aplicada a varios hombres que quisieron faltarle el respeto y por eso tuvo que sacar de allí con la ayuda de la nueva seguridad que había sido integrada con el nuevo cambio de administración del local, a dos o tres pervertidos. Eran guardias de cuarta, pero al menos hacían pensar dos veces a los problemáticos antes de entrar en acción. La tranquilidad había aumentado un poco y el ambiente se había tornado un poco más amigable, evitando así que una nueva desgracia pudiese tomar ventaja nuevamente en ese lugar.

Más tarde, acostada en su cama, decidió mirar la hora en su celular y se percató de la cantidad de veces que durante su jornada de trabajo, Norman había intentado comunicarse con ella. ¿No lo estaba tomando demasiado serio? Habían tenido su primera vez y ya le estaba explotando el teléfono. Tampoco era eso lo que buscaba en una relación. Por eso decidió ignorar sus mensajes y cerró sus ojos para descansar.

Norman sabía a lo que se enfrentaba. Había aprendido a conocer muy bien a Anabelle. Sabía que si ella no le había contestado era porque pensaba que su corta edad lo había convertido en un acosador de viejas. Así que utilizó la técnica de hacerse el importante y suspendió las llamadas al día siguiente. En definitiva, logró hacer que ella aprendiera la lección, pues tras no haber recibido más noticias suyas, decidió marcarle para saber cómo estaba. Norman le había virado su propia tortilla y había implantado respeto ante sus ojos. No se trataba de acosar, sino de extrañar y buscar a ese alguien especial cuando se quiere de verdad.

- ¿Todo bien?

- Sí, mi amor. ¿Y tú?

- Pues esperando que me llamaras.

- Supuse que en un rato libre me llamarías al desocuparte.

- O sea ¿que si no te llamo, no me hubieses llamado?

- Sabes que te hubiese llamado, cuando también hubiese tenido un rato libre.

Norman había tenido cada segundo libre. También había estado deseoso de que ella lo llamara, pero hacerse el importante le estaba resultando perfecto. Utilizaría aquella táctica cada vez que ella quisiera aplicarla con él. Esto le haría entender que con los menores de edad tampoco se juega, pensaba Norman. Debe haber una Ley que lo prohíba.

Una sonrisa en sus labios se asomaba cuando el pitido de una máquina de vitales la sacó de sus recuerdos. Su cuerpo adolorido trató de erguirse en aquella silla de hospital. Anabelle sintió un movimiento de pies que se acercaban a la habitación en la que llevaba durmiendo los pasados días porque su hija estaba recluida allí.

Dentro de un hospital las horas transcurren hasta que dejamos de saber qué hora del día es o cuántos días han pasado. No hay diferencia entre las mañanas y las noches porque nos acostumbramos a marcar los segundos al son de los vitales que se reflejan en un cajón. Nuestros oídos se agudizan con la esperanza de que el latir del corazón de nuestro ser querido no se desvanezca y de que lleguen a escuchar buenas noticias de una pronta recuperación. Un nuevo golpe la había derribado. Esta vez levantarse no sería tan fácil pues la herida de su alma parecía ser mortal.

No sabía por dónde empezar. Quería asegurarse que su hija estaría bien antes de encontrar al hombre contra el que depositaría su odio. Sabía que llegado el momento se nublaría su razón y ya no tendría que seleccionar entre un loco, lunático, psicópata o demente porque tendría la fuerza de todos para destruir a quien su corazón ahora odiaba tanto.

- Los resultados solicitados no han llegado todavía. La
espera continuará por un rato más. Estamos trabajando
en ello. Trate de mantener la calma y le avisaremos ante
cualquier cambio notable.

Norman venía acompañado de dos vasos de café negro
y unas tostadas con mantequilla. Sus ojos le indicaron que
nada de esto le apetecía. En tan solo días, Anabelle había
perdido mucho peso y estaba inconsolable. Norman
mantenía la calma y había solicitado vacaciones en su
trabajo para poder hacerle compañía. Esta no se percataba
de su cercanía y apenas notaba cuando este se marchaba a
descansar y más tarde regresaba. Toda su entereza estaba
enfocada en la recuperación de Raiza. Ya estaba cansada de
rendir sus declaraciones que de nada servían porque no
estuvo presente en el momento de los hechos. Su vida sería
lo menos que ofrecería para regresar el tiempo y borrar
aquel evento que solo con la muerte podría olvidar. Sentía la
necesidad de llamar a Sergio y avisarle lo que le estaba
sucediendo a su hija porque al fin y al cabo ella lo recordaba
con mucho cariño. Donde quiera que estuviera, Sergio
también debía acordarse de ella. Su corazón estaba siendo
ocupado por un nuevo querer, pero una parte de él tenía
acceso restringido a un área donde solo Sergio conservaba la
llave. Se había acostumbrado a no tenerlo y con los besos de
Norman había borrado las huellas de los suyos. Su cuerpo
deseaba el calor de su nuevo amor, pero sus recuerdos la
delataban cada vez que su mente se perdía recordando el
pasado junto a Sergio. Sin embargo nada de esto había

impedido que volviera a sonreír hasta ahora. Norman se había comportado como todo un hombre de familia y corría detrás de los doctores buscando actualizaciones sobre el estado de salud de la niña. Desde que se conocieron, Raiza y Norman establecieron una muy buena comunicación. Esta le llamaba cuando tenía algún capricho y sin duda alguna su pedido no se hacía esperar. Eran cómplices de todos esos regalos secretos que de manera repetitiva recibía Anabelle en su trabajo. Esta investigaba sus tallas de ropa, sus gustos y todos sus secretos para que juntos trabajaran para complacerla y verla feliz. Raiza admiraba poder presumir el novio de su madre ante sus amigas. Les decía que ahora ella era quien tenía el padrastro más lindo de la escuela. En ocasiones, le pedía que la buscara en la escuela a la hora de salida para seguir presumiendo de su padrastro ante todos. Encontraba que su madre y él hacían una pareja espectacular. Los encontraba muy hermosos a los dos. Muchas veces se encontró extrañando a Sergio, pero su recuerdo era cada vez más vago en su mente. Ya habían sido los años quienes habían marcado distancia entre ellos y no se podía permitir el lujo de extrañar a quien no había movido un dedo por ir a su encuentro. Sabía que en cuestión de padres, no tenía mucha suerte. Por eso nunca quiso ver a Norman como un padre, sino más bien como a un amigo. También esto funcionaba para él quien no quería la imposición de un título al que todavía no estaba acostumbrado. Prefería ser aquel amigo que le hablaba de modas, que la complacía comprándole las revistas juveniles que tanto le gustaba leer, aunque no entendía cómo temas tan cursis le llamaban tanto la atención a una chica de once años. Ella le comentaba sobre esos nuevos cantantes que tanto le gustaba escuchar y se divertían cuando este los imitaba y cantaba con un cepillo rosado que había agarrado de la coqueta de cuarto. Anabelle pensaba que más que amor, era merecedora de paz. Venció poco a poco los tabúes de las censuras sociales y fue andando por las calles del brazo de él. Quizás al principio, muchos los criticaron, pero luego vieron muy normal su relación hasta el punto que se extrañarían si una separación los dañara. Norman vivía con el temor de un rompimiento amoroso. Esto había aumentado sus celos. Pensaba que esos trece años de diferencia harían que algún día, Anabelle se cansara de sus niñerías. La amaba de manera enfermiza. No habían dado el paso de la convivencia ni mucho menos la del matrimonio, pues ella había impuesto sus condiciones, pero luego de dos años de relación, Norman aspiraba a un techo propio y el calor de un hogar en compañía de una familia que le brindara amor. A sus veintitrés años era lo que cualquier hombre ya quisiera tener. Llevaba mucho tiempo guardando el anillo que compró al día siguiente, luego de haber hecho el amor por primera vez. Le había costado una fortuna, pero por ella era capaz de todo. Su madre, a pesar de estar sin movimiento, estaba muy cuerda, le dijo que no dudara en convertirla en su esposa porque había descubierto lo bondadosa que era su nuera, luego de estar a su pendiente a diario velando por su bienestar. Ambas pasaban largas horas conversando. El tema de la edad no había sido problema para ella. Deseaba que antes de morir, Norman quedara en las manos de una mujer tan buena como la que había conocido. Esto reconfortaba a Anabelle pues se sentía aceptada por una mujer que era muy importante para su prometido.

- *¡Ya no puedo más!-* retumbaron las paredes blancas de aquel pasillo.

Los gritos de Anabelle espantaron a todos los familiares de pacientes que estaban muy cercanos a ellos. Norman intentó abrazarla para evitar que cayera y se lastimara. Esta había perdido el control y no era para menos ante la situación por la que cruzaba su hija.

- *¡Quiero matarlo! ¿Dónde está ese maldito desgraciado? Norman, tú tienes que ayudarme.*

Unas noches atrás, Raiza había pedido permiso para quedarse a dormir en la casa de su mejor amiga. Se conocían desde los años primarios y Anabelle y la madre de la otra niña se conocían muy bien. Tere le había dicho a ella que tenía preparada una fiesta sorpresa de cumpleaños para su hija y quería celebrarla entre un pequeño grupo de chicas, entre las cuales Raiza estaba invitada. Como madre diligente, preparó una mochila con todo lo necesario para que la niña pudiera pasar una noche agradable en una casa ajena. Antes de dirigirse a su trabajo, hizo una parada en el hogar del encuentro y se despidió de su niña con la promesa de recogerla en la tarde siguiente. Como la homenajeada no sospechaba que su madre le tenía preparada una fiesta, decidió convencer a Raiza para que la acompañara a casa de una vecina tan pronto su madre se durmiera. Como la fiesta iba a ser celebrada entrada la noche, faltaba mucho aún para que Tere se retirara a dormir. Sin embargo, tenía pendiente un listado de comestibles que serían necesarios para la celebración. Al poner su carro en marcha para ir al supermercado, las jovencitas marcharon rumbo a la cercana casa en donde las estarían esperando para charlar.

Se trataba de un tramo pequeño, aunque muy escaso de luz. Con cruzar dos cuadras sería suficiente para comenzar a compartir con aquella otra conocida que les ofrecería una velada de películas de terror y una segura hartera de palomitas de maíz e inmensos vasos de refrescante soda. Raiza le quiso preguntar a su amiga por qué no había solicitado a su madre el permiso para visitar a su vecina, pero no lo hizo porque tampoco quería lucir como una chiquilla asustadiza que le pide permiso a su mamá para todo ya que sería una vergüenza ante sus amigas.

Entre risitas traviesas las chicas reían y conversaban sobre lo espeluznante que sería ver aquella nueva película de mucho miedo que hacía poco tiempo había salido de la pantalla grande. Su vecina la tenía rentada y no se atrevía a verla sola. Raiza desconocía quién era la vecina de su amiga, pero no tenía por qué dudar tratándose de ella a quien conocía desde su infancia. Se vio tentada de llamar a su madre para contarle que se había movido de casa y que vería unas películas allí, pero el temor a que se burlaran de ella, nuevamente se lo impidió. De Sergio había aprendido que la familia tiene que saber dónde nos encontramos en todo momento dado a que pudiera surgir una grave situación en el momento menos esperado. Quería seguir los consejos de Sergio, pero quién era él para dar ejemplos a seguir cuando sus acciones habían destruido el corazón de su madre y el de ella también.

- *¿Escuchaste eso?*- la voz que la acompañaba comenzó a hablar.

Raiza pensaba que se trataba de una broma de su amiga, quien quería empezar a crear un ambiente de terror como preámbulo a las horripilantes películas que dentro de pronto comenzarían a ver.

- *¡Déjate de bobadas! No quieras asustarme con niñerías.*

No era ninguna broma. Su amiga había escuchado un ruido, pero prefirió pensar que eran cosas de su mente y nada más. Si miraba constantemente para atrás podía espantar a Raiza. Así que simplemente, decidió apresurar su paso para que la otra la comenzara a imitar.

-*¿Te estás orinando?*- preguntó.

-*¡Claro que no! Pero ya mi madre tiene que estar por regresar del supermercado y no quiero que nos vea caminando solas por aquí porque a mí me mataría y a ti te llevarían a tu casa donde tu sexy padrastro te daría en fuerte regaño. ¡Así que apúrate!*

Raiza apretó su andar para no quedarse atrás. Miró hacia atrás y vio una sombra detrás de un árbol que quedaba al cruzar la calle por la que ellas transitaban. Se trataba de un hombre que las observaba desde el mismo momento en que habían dejado el hogar de Tere.

- *Creo que vi a un hombre mirarnos desde el otro lado de la calle.*

- *No te pongas paranoica que no falta mucho para llegar.*

-*¿Trajiste tu celular?*

- *No tenía batería y lo dejé cargando en la pared del cuarto. Pensaba llamar a mami al llegar a casa de la vecina.*

- *Yo tengo el mío, pero solo hace llamadas con una aplicación que descargué cuando estoy conectada al internet. Mami ha olvidado pagarlo y lo iba a reconectar en estos días.*

- *Estamos bien jodidas...Vuelve y mira con disimulo.*

- *No me atrevo. Mejor hazlo tú.*

- *¡Estás loca! Si me ve mirando a mí también entonces sí que echa la pata a correr y nosotras que tenemos las piernitas cortas nos agarran bien fácil.*

Raiza miró hacia tras una vez más y el hombre estaba caminando por el centro de la calle y a muy corta distancia de ellas. Era preciso avanzar porque este representaba una amenaza real para ambas si no llegaban a la casa de la vecina.

Las chicas comenzaron a correr sin mirar atrás. No faltaba mucho para llegar a casa de su otra amiga.

Tere había regresado a su hogar y al ver la luz encendida en la habitación de su hija, pensó que era su oportunidad ideal para colocar la decoración de la fiesta sorpresa y dejar sobre la mesa unos cuantos aperitivos. Las chicas tenían que estar muy entretenidas viendo el televisor o cotorreando sobre chismes sin sentido.

Al sonar el teléfono del hogar, Tere contestó amablemente. Era su vecinita que le preguntaba por su hija.

Tere le dice que está en su cuarto en compañía de sus otras amigas mientras ella prepara todo para agasajarla con una fiesta de cumpleaños al cual ella también está invitada.

Del otro lado del teléfono, la joven pensó que esa era la razón por la que su amiga no había llegado a ver películas y decidió bañarse y prepararse para asistir a la fiesta a la cual Tere había acabado de invitarla.

El hombre corrió veloz al ver que sus presas avanzaron para huir de él. Ellas le llevaban ventaja, pero los pasos de este eran muy largos y le resultaba muy fácil acortar distancia. A pesar de que lo restante era menos de una cuadra, Raiza le pidió a su amiga que se separaran para que el hombre no pudiera atraparlas a las dos. Sin pensarlo mucho, Raiza huyó hacia la derecha, y su amiga hacia la izquierda. Hacia la derecha, el paradero era un espeso matorral mucho más oscuro y denso que la misma calle principal por la que había estado caminando momentos antes. Supo que había tomado una mala decisión, pero ahora no podía pensar en eso pues su objetivo era huir de ese hombre que la perseguía, aunque no le había dado motivos para que le hiciera daño.

Del lado izquierdo, pronto se empezaron a ver casas iluminadas. La joven corrió hacia una residencia cuyas luces estaban encendidas. Pudo respirar con calma porque al tocar la puerta, una mujer le dio acceso a su casa y le permitió usar su teléfono. Llamó a la policía y le notificó lo sucedido, manifestando estar muy preocupada porque, aunque no pudo ver el rostro del hombre supo que este había decidido seguir a Raiza.

Mientras la joven hablaba con la policía, la pequeña de Anabelle, ya era una víctima más de la carencia social que vivimos. Aquel hombre golpeó fuertemente la cabeza de la niña haciendo que en el acto perdiera el conocimiento.

Horas más tarde, el Palacio de Ron estaba repleto de investigadores y policías. Esta pensó que se trataba de algún robo cercano, sin sospechar que la protagonista del acto era su propia hija. Raiza fue encontrada desnuda en medio de aquellos arbustos entre los cuales había intentado buscar refugio. Había sido trasladada al hospital del pueblo, pero necesitaban que su representante legal fuera a identificarla ya que la misma estaba inconsciente. Tenía una hemorragia que revelaba el estrago de una violación que a su temprana edad complicaba su estabilidad y reducía su porcentaje de vida. Aquel hombre no había tenido piedad al robar la virginidad y la inocencia de una manera brutal a una preadolescente cuya malicia no quería madurar aún. Con malvada intención, luego de una cruel violación, y un fuerte golpe en la cabeza, arremetió contra Raiza provocándole sangrado interno y hematomas por toda su pálida y tierna piel.

Anabelle sufrió un desmayo. Al despertar se encontraba en el mismo hospital de su hija. A pesar de estar allí hace varios días, el estado de salud de su la menor era inestable. Habían estado luchando por controlar sus hemorragias, su estado de inconsciencia seguía en pleno apogeo y los resultados que podían aclarar un poco el panorama, aún estaban por llegar.

- *Si me permiten un momento, vengo a traerle buenas noticias. Las hemorragias han sido detenidas y el*

*panorama que rodea su salud proyecta una notable
mejoría dentro de los próximos días. En cualquier
momento la paciente puede despertar, aunque para evitar
una nueva crisis seguirá bajo observación.*

Norman y Anabelle se abrazaron. En su pecho, esta sintió
un objeto punzante que le hincó. Ante la felicidad que
sintieron, él aprovechó el momento para proponerle
matrimonio. Aquella caja con el anillo que había estado
reservando para un buen momento, fue la que Anabelle
sintió lastimándola segundos atrás. Estaba a punto de dar
un sí por respuesta cuando el chirrido de la puerta de la
habitación de Raiza dejó pasar una cálida brisa y los ojos de
la niña se abrieron.

- ¡Sergio! ¡Sergio!

La cabeza de Anabelle giró en dirección a la puerta
cuando escuchó la débil voz de su hija. El anillo de
matrimonio que sostenía en sus manos se resbaló cayendo
al suelo y un sentimiento mayor que ningún otro nubló sus
sentidos haciendo que un mar de sentimientos encontrados
arropara a todos en aquella habitación.

Capítulo 5

La extraña amiga

Se puede extrañar algo o a alguien de diversas maneras. Hay quienes extrañan lo que aún no han perdido porque temen ante la imagen mental de una cercana despedida. Una madre sufre ante la pérdida repentina de un hijo porque la naturaleza debe estar programada para que en un orden de vida lógico, sean los hijos quienes entierren a sus padres. Tener que comprar flores para llevar a un hijo enterrado en un cementerio representa una condena perpetua que ha de cumplir el alma de una madre que penará en su caminar hasta que la muerte le brinde su auxilio llegada la muerte. Imagino aquellos niños que al despertar tocan el rostro de una madre que durante la noche ha perdido la vida. Su inocencia aún no les deja entender que un beso no tiene la magia para hacerla despertar. Entonces una ráfaga de espanto les cubre al verse solos en un mundo donde la única persona que podía entenderlos ha dejado de estar. Crecerán desorientados por la vida buscando en cada rostro delicado una sustituta que brinde el calor de madre que la vida les negó al dejarlos sumidos en un mundo de dolor. Aquella anciana cuyo gato ya cansado por su vejez , fallece, recordará cada caricia otorgada como una ofrenda al lomo del animal que le hizo compañía al enviudar a causa de un cáncer incurable que vistió el cuerpo del hombre que juró ante un altar amarla por siempre. No será capaz de atender ninguna otra mascota con el mismo amor porque su adiós habrá sido otra fuerte pérdida que quedó registrada en el álbum del alma en donde depositó la historia de su vida. Su dolor resultará exagerado para quienes le observan, pero solo quien lo sufre será capaz de unirse a su pena y entender su lastimoso existir. Por otro lado, están aquellas niñas cuyas madres juraron ser amigas por siempre y el destino hoy dispone que sus caminos se separen rompiendo su infantil amistad. Ellas llorarán al saber que, a diferencia de sus madres, su amistad no podrá ser tan extensa como la de ellas. Escribirán postales de despedida en donde prometerán escribirse cada día, pero el tiempo enfriará tanto el alma que también llegará a colapsar cualquiera de las mejores amistades. Las primeras cartas estarán cargadas de dibujos e intercambios de abrazos a distancia, luego, ni la mano ni la mente, mucho menos el corazón querrá disponer del tiempo para contar a un imposible, lo que se está viviendo al otro lado del mundo ya que el día en que la vida le ofreció alternativas a cada madre, era el momento para decir adiós a esa experiencia y empezar a dar la bienvenida a nuevas oportunidades que exigían un pronto adiós a su mundo presente. Pasarán a ser unos extraños más, que si por burla, el destino llegara a juntar en una parada de autobús, no serían capaz de reconocerse. Quien solamente ha conocido el calor de un hogar, extrañará cada centímetro de su estructura si la misma ha sido un forjador de buenos recuerdos. Lamentará tener que dejar cada espacio donde coleccionó vivencias que no encontrará en ningún otro lugar. Cada olor, traerá a su mente el recuerdo del café de la mañana que solía tomar sentado en la balcón del aquel querido hogar. Llamará *casa* a una nueva estructura, pero el término *hogar* no podrá, en sus labios, volverse a asomar. No se puede juzgar a aquellos que su desespero les obliga a tomar medidas extremas para apegarse a lo que están perdiendo, porque estos son apasionados mostrando su fidelidad, aún en medio de la pérdida. La razón por la que las salas de doctores cada vez reciben menos pacientes es porque su pérdida es la ganancia de los centros espirituales que ofrecen una conexión directa con lo que se extraña.

Era imposible que Anabelle se olvidara de aquella ordinaria amiga que tuvo alguna vez, quien ensimismada en atrapar a un hombre se olvidó de que tenía una dignidad que cuidar. A pesar de que era una joven de buen ver, le dio con adueñarse del amor de un hombre que ya tenía dueña.

En la vida existen hombres que pasearán por el mundo viviendo aventuras nuevas cada día, mas siempre regresarán al castillo donde aguarda su reina. Ese era el caso de aquel apuesto caballero por el cual aquella loca amiga suspiraba. Un día fue a visitar una gitana que gozaba de muy buena fama en los claustros sociales. Gracias a la publicidad que se le regalaba sus precios eran exorbitantes. Aun así ella quiso pagar la mesada con la esperanza de que su amado fuera de ella lo antes posible. Viendo en ella una patética desesperada mujer, quiso ganar con ella una pequeña fortuna. La gitana le aseguró que en pocos días sus sueños se harían realidad. Bastaba con que siguiera al pie de la letra sus instrucciones. A la desesperada mujer no le parecía muy difícil tener que orinar en una botella de cristal que ya tenía incrustada dentro una foto del amante, varias hojas secas de muy extraño proceder y unas gotas mágicas que la misma gitana había bendecido antes de dárselas. Cada mediodía, el frasco debía ser agitado tres veces durante un periodo de dos semanas. Finalizado el proceso, el entierro del frasco en un cruce de cuatro puntas, sellaría la ofrenda y el hombre le propondría matrimonio, olvidándose de que tenía mujer. Solo tendría ojos para ella y su corazón le pertenecería por siempre. Con máxima organización, aquella frenética mujer meneaba su frasco con vehemencia al llegar cada mediodía. Ese día no contaba con una inmensa fila de clientes que esperaban para pagar en la fila del centro comercial donde ella también esperaba para intercambiar su dinero por nuevos productos. Miraba constantemente su reloj. Al llegar las doce, la alarma de su celular le avisaba que era la hora. Sabía que el frasco estaba en su cartera, pero se vería muy rara si lo sacaba y comenzaba a agitarlo frente a todos. Así que colocó su cartera debajo del brazo y se meneaba como si tuviese comezón. Los allí presentes pensaban que esa joven era muy extraña, pero su secreto no fue revelado en ese instante y con eso le bastaba. Tristeza inmensa tuvo cuando aquella noche casi fue atropellada al intentar sepultar el frasco en el cruce de cuatro puntas. Los días venideros le avisaban que su proyecto no había dado resultado. Cuando fue a reclamarle a la gitana el fracaso de su brujería, se encontró con un local vacío cuyo letrero anunciaba que había sido clausurado por falta de pago en la renta mensual. No tenía forma de contactar a la gitana, por lo que decidió ir directo al grano. Se apareció en la oficina donde trabajaba su amante, llevándose la sorpresa de que este fingió no conocerla ya que en ese momento lo visitaba su esposa. Más tarde, junto a un ramo de rosas marchitas que le envió, le pidió que no lo jodiera más y que entendiera que eso solo había sido una aventura y de las muy malas. Lloró por varios meses. Entendió que la gitana la había timado y maldijo a aquél cabrón que ni tan siquiera la mantuvo económicamente durante los meses en los que fueron amantes. Desapareció sin despedirse de nadie y hasta este momento no se supo que fue de ella.

Anabelle reía para sus adentros al recordar aquellos adolescentes que visitaron su trabajo una vez. ¡Es que El Palacio del Ron recibe a cada clase de personaje! Esta vez se trataba de un grupo de universitarios que celebraban la mayoría de edad ya que con esto podían sentirse afortunados de comprar alcohol cumpliendo con lo que la ley exigía. Dentro de su pequeña fraternidad, también les había dado por creerse santeros o algo parecido. Collares de todo tamaño y de todos los colores adornaban sus muñecas, pero sobretodo sus cuellos. Si hablamos con honestidad, ella entendía por qué necesitaban estos artefactos. A leguas se les veía lo desesperados que estaban por perder su virginidad. Eran bastante feos y se les notaba que eran bastante consentidos por mamá y papá. Sus combinaciones de ropa no eran de este mundo. Más bien era de esa gente de dinero con muy mal gusto. Quizás nuevos ricos por golpes bondadosos de suerte. Pero allí estaban los cinco fantásticos con sus collares.

-*¿Qué les puedo ofrecer hoy?*

Anabelle sabía perfectamente que la respuesta de alguno de estos sería cargada de doble sentido, pero ya estaba acostumbrada a este tipo de idiotas.

- ¿Qué tal una noche con nosotros en mi cama?

En medio de idiotas, también siempre aparece el que quiere ser el intermediario en los momentos de bochorno, y por esto contesta:

- No seas grosero con la dama. ¿No te das cuenta lo guapa y amable que es?

En lugar de arreglarlo, simplemente lo ha cagado más.

- Estaré cerca si se les ofrece algo que les pueda brindar. Porque si leyeron el letrero de entrada, esto es una bar, no un putero.

Los abucheos de un grupo de camioneros que estaban sentados al lado de los cinco fantásticos rompieron en un estallido. Celebraban la vergüenza que la empleada les acababa de hacer pasar. Pero el asunto apenas comenzaba. A Anabelle le gustaba que tipos como estos aprendieran su lección de vida. Esa misma noche, los esperó en la salida del bar para conversar un rato.

-¡Chicos! ¿Llevan prisa?

-¿Ya te arrepentiste del pasme que nos hiciste pasar?

- Que no se les olvide que su amigo aquí presente fue el que comenzó todo el asuntito queriéndose hacer el muy macho conmigo.

El joven señalado por el dedo acusador bajó su rostro avergonzado.

- He notado que llevan collares de santería. Si lo que buscan es amor, yo creo que les están tomando el pelo.

De collares y santería, Anabelle no sabía nada, pero era la excusa perfecta para su dulce venganza.

- *Este que tienes aquí...es para la protección. Quien se los ha preparado parece que piensa que prontamente los van a linchar. ¿Alguno de ustedes tiene amigos narcotraficantes?*- de pronto fingió tener escalofríos.

- *¡Uy! ¡Cuánta mala vibra tienes tú! ¿Amor es lo que les dijeron que les estaban vendiendo? Bah...Les han visto la cara de bobos o más bien no les han querido decir sobre el mal que les rodea a cada uno de ustedes.*

La cara de los jóvenes era de espanto. La seriedad con la que Anabelle les hablaba del asunto les hacía creer que ella era una experta. El miedo a que algo maligno los rodeara, les hacía cagarse en los pantalones, pero no podían echarse a correr porque eso era de maricas. No les quedaba más remedio que seguir escuchando la información que tan diligentemente la cantinera les estaba dando.

- *¿Y usted como sabe todo esto?*- preguntó uno de los chicos.

- *¿No le ves los ojos de gitana que tiene?*- dijo otro.

- *Sí, es cierto. Mi madre dice que los ojos son las ventanas del alma y que así podemos saber si el corazón de una persona en bueno o no.*

- *No es que te estemos diciendo que eres una perra bruja*- intervino el abogado de hace un rato.

- *¡Chicos, chicos! Están a punto de hacerme darles unas bofetadas para que reaccionen. Están hablando puros* *disparates. Si los he esperado esta noche, es porque puedo ayudarlos. Tienen que confiar en mí y entregarme esos collares para que pueda santiguarlos. Esto demorará tres días y tres noches. Ese día vendrán a recogerlos y les aseguro que no solo tendrán amor sino que también serán protegidos por todos los santos del cielo.*

- Pero nos habían dicho que nadie los puede tocar.

- Eso es para la gente que desea hacerles daño. Échate para acá y ya verás que no se rompen ni les pasa nada.

Antes de macharse, los collares quedaron bajo la protección de la recién estrenada santera. Al cabo de tres días los jóvenes entraron al bar mirando para todos lados como quien intenta pasar drogas en un aeropuerto. Estaban bien nerviosos. Anabelle le había pedido a una de las cantineras nuevas que se vistiera con collares y turbante en la cabeza para recibirlos. Esta haría la entrega de los collares. A petición de la empleada, los chicos entraron al almacén del bar.

- Ella es Tatá. Le he pedido que interceda por ustedes porque al preparar sus collares he notado que la cosa con ustedes es macabra. Ella está preparada para combatir ese tipo de mal. Yo los dejo solos con ella.

Tatá los sentó en un círculo rojo que había dibujado en el suelo y les amarró las manos. Encendió velones a su alrededor y comenzó a pegarles con ramas de un árbol que Anabelle había arrancado del patio de su vecina esa misma mañana. Otra de las meseras los estaba grabando con su celular a escondidas.

- *Les voy a hacer unas oraciones para que la Parca se aleje.*

Los jóvenes no entendían nada de lo que Tatá decía, pero eso era parte del libreto trazado por Anabelle.

Tatá daba vueltas alrededor de los asustados chicos y les vaciaba calderos de agua fría sobre sus cabezas al son de una extraña danza que ella había inventado para asustarlos más. Cuando notó que sus rostros estaban tan espantados, pensó que ya era tiempo de bajar la intensidad de su oración antes de provocarles un infarto cardíaco. Fingió que estaba en un nuevo trance y engoló su voz para que pareciera de hombre. Con sus ojos en blanco comenzó a hablar:

- *Soy Dimetris. El demonio de los lujuriosos. Quiero decirles que habito en aquellos que solo piensan en sexo. Hoy estoy en cada uno de ustedes y no me pienso ir. Sus almas me pertenecen.*

Uno de los jóvenes; el abogado, comenzó a llorar y pedía perdón.

-*No hay vuelta atrás...sus collares me dieron la entrada para ser dueños de sus corazones.*

-*¡No! ¡Por favor, no!*

Una voz que venía del fondo hizo que las cabezas de todos giraran.

-*¡Basta! Es suficiente para ellos. Creo que ya aprendieron la lección. Y ¡Ni intenten decir una palabra porque los he* *grabado y basta con un clic para subir el video a las redes sociales. No hace falta una disculpa. Espero que con esto hayan aprendido que a las mujeres se les respeta. No se confundan con mujeres como nosotras. No todas somos putas por trabajar aquí.*

¿Será que todo el que cree en estas cosas desaparece de la faz de la Tierra? Aquellos chicos salieron corriendo del local y tampoco supo nada más de ellos.

Tenía tantas anécdotas que contar que Anabelle pensó que su suerte cambiaría si escribiese un libro sobre ellas, pero la realidad es que no tenía el talento ni el tiempo desde aquel horrendo momento en que su hija había sido violada. Ahora era un guardia de custodia día y noche para su hija. Evitaba que un descuido pudiese poner en riesgo su seguridad.

Raiza no había querido hablar de aquel momento. Evitaba hablar de Sergio. Dijo que cuando pronunció su nombre solo puede recordar a los doctores poniéndose histéricos a su alrededor, y de ahí en adelante, nada de lo que dice sobre el suceso tiene sentido.

Anabelle lo recuerda perfectamente. En ese instante donde ya nada parecía ser coherente en los recuerdos de Raiza, fue donde empezó la verdadera pesadilla entre la vida y la muerte. Los médicos lucharon varios minutos que parecieron horas por traer de vuelta a la vida a su hija, quien fue resucitada por descargas eléctricas. Pensó que la perdería, pero gracias a Dios seguía con ella y su deber era cuidarla más que nunca. Había muerto... No cabía la menor duda. Todos tenemos un propósito que cumplir en esta vida y el de ella aún no se había cumplido.

El hecho de que Sergio apareciera tras cinco años en un momento tan crucial tenía un propósito... ¿o no? Solo Raiza tenía esa respuesta. Aunque Anabelle intentó abordar el tema varias veces, no obtuvo resultados ante la negativa de la otra para hablar sobre ese particular. Tanta insistencia de la madre hacia la hija fue provocando un malestar en el alma de Norman, quien se mantenía sufriendo en silencio al no atreverse a enfrentar a su amada y preguntarle si su corazón seguía amando al hombre que la abandonó. Sentía que competía por el amor de ella y lo peor era que no conocía a su rival, pero su presencia se hacía más fuerte cada vez. Preguntar solo lograría enfurecerla y no era necesario llegar a ese extremo. Pasaban los días y su única defensa era su distancia. Darle espacio quizás la alertaría para hacerla entrar en razón. Si le importaba esa relación, ella entendería que el desapego no es un buen síntoma de amor eterno. La distancia lo enfría todo. Por esto no podía comprender que aquel sentimiento no se hubiese apagado en su vida y que Anabelle siguiera latiendo por él. No era justo para un hombre que lo había dado todo por ella; que muy contrario a Sergio, jamás se atrevería a abandonarla. La amaba con sus virtudes y defectos. No pretendía cambiarla porque la quería sin condiciones. Entonces, ¿sería capaz ella de tirar todo eso por la borda? No tenía todas las respuestas, pero de algo estaba convencido. Ya que Raiza estaba en casa, pretendía ser ese padre que valiera por los otros dos que estuvieron ausentes en su crecer.

Su mirada se cruzó con la de Anabelle y se ruborizó al pensar que esta pudiese leer su distracción. Eso no era posible, pero se conocían tan bien que algo extraño podía interpretar que le estaba pasando.

No se equivocó. Hace mucho notaba que había tristeza en los ojos de Norman. Sus ojos esquivaban los de ella cuando se encontraban. No tuvo que pasar demasiado tiempo para que comenzara a preocuparse. Desde el primer día notó su cambio y supo que una grieta comenzaba a lastimar su relación. Su instinto maternal la llevó a desprenderse de las emociones de Norman para entregarse por completo a las de su hija. Ser más madre que mujer estaba en su naturaleza. No dejaba de pensar que podía buscar un balance, pero supuso que un hombre como él estaría consciente de su dolor y estaría dispuesto a esperar que la marea bajara para encontrarse más allá de la caída del sol. Encontrarse en un atardecer donde todo fuera apacible y donde los problemas de la vida ya no los atacarían. ¡Pero qué equivocada estaba! Aquel hombre se estaba alejando de ella en el momento donde más lo necesitaba tal y como lo hizo Sergio. No se debe comparar, pero el miedo al abandono también era una pieza clave en su vida.

Entonces decidió tomar una decisión importante. ¿Buena o mala? No lo sabía. Apenas estaba por descubrirlo. Era hora de tomar grandes riesgos. Tantos momentos de meditación le habían dado la oportunidad de decirle lo que a Norman tomaría por sorpresa.

-*He pedido vacaciones en el trabajo y he sacado pasajes de ida. Luego de tantas situaciones necesito aire fresco.*

- Veré que puedo hacer en mi trabajo para poder acompañarte. Seguro no tendrán problema en darme aunque sea unos días.

- Me voy con mi hija. Solo ella y yo. Espero que me entiendas.

-¿Esto es un adiós?

- No. Pero estar aquí y recordar me hace daño. Cada vez que llega la hora y miro el reloj, revivo la historia de mi hija y solo quiero salir corriendo para protegerla. El miedo me mata y pierdo la concentración, digo cosas que no quiero, cometo miles de errores en mi trabajo...

El silencio ganó espacio por un momento. Sus mentes batallaban en contra de su corazón. Aunque para Anabelle no era un rompimiento, para Norman era una forma educada de dar fin a su amor.

- No sé cuándo regresaré, pero estoy consciente de que tengo un trabajo que no me esperará por siempre y mi hija tienen una escuela por terminar. Te aseguro que cuando regrese seré esa mujer que llevas tiempo esperando tener. Entre muchas cosas, debo encontrar la forma de dejarle saber a Raiza, que de faltarle, existe una madre biológica a la que puede recurrir. Sé que sientes que ese refugio para ella, puedes ser tú, pero no puedo exigirte que te responsabilices cuando, desde un punto de vista objetivo, pudieras ser más su hermano mayor, su amigo, que un padre.

- ¿Y por qué te vas lejos de mí? ¿Soy yo el centro de tus problemas? ¿Piensas que es responsable de tu parte contarle a Raiza la verdad de su origen después de todo lo que ha sufrido?

- Sé que te estoy lastimando. No dices nada, pero lo sé. ¿Quién soy yo para herirte así? Solo buscaré una forma de olvidar lo que duele. Sufriré este dolor sin herirte y encontraré la respuesta a todas mis dudas. Comenzaremos limpiamente y ya no tendrás que luchar contra el fantasma de mi pasado. Te amo. No debes dudarlo. Más allá de la razón donde el corazón tiene su reino.

Los detalles y preparativos finales para el viaje se concretaron. Norman la llevó al aeropuerto y se despidió con un cálido beso en la frente. La miró caminar con su equipaje en mano. Una parte de su vida se fue con ella. Allí iba ella sin percatarse que estaba dejando atrás a un hombre que supo que la vida tenía color cuando la tuvo entre sus brazos. No sabía si podría superar esto, pero si ella era su premio, entonces valía la pena esperar. ¡La esperaría! Ella era la mujer de sus sueños.

Allá. Habitación perlada. Una cama bastante grande y muy bien vestida. Ventana que tenía acceso a un cielo estrellado. Silencios añorados que invitaban a pensar. Nada de trabajo ni de excesos. Garantía de una pequeña seguridad que hace mucho estaba deseando. La rodeaba todo lo que necesitaba por el momento. Días que transcurrían caminando por las calles de Madrid. Noches que invitaban a tomar un burbujeante vino francés. Demasiada libertad; demasiada.

Anabelle comenzó a escribir todo lo que su mente le dictaba. Sin darse cuenta la historia de su vida comenzaba a plasmarse en su ordenador. No tenía gracia para darle vida a tantas oraciones, pero un evento conectado a algún nombre merecía tener. Tanta libertad le estaba permitiendo alcanzar lo que jamás había esperado. Entre sus páginas aparecía el nombre de Sergio constantemente. ¡Claro! No se llamaba así en su obra. Lizardo le parecía el nombre ideal para un personaje perfecto. No pretendía hacerse rica con su libro. Esta era la terapia; su desahogo. Pasaba horas sentada en el balcón de su habitación de hotel. Las noches estrelladas la llenaban de inspiración y a su narración le llegaba el momento de la verdad. ¿Habría una verdad en lo vivido con Sergio? ¿Sería amor real aquello que sentía por Norman? Lágrimas comenzaron a descender por su rostro y a desteñir el pequeño avión de papel que acababa de caer sobre su ordenador. No vio de dónde llegaba. Miró hacia atrás y vio que su hija dormía. Decidió tomarlo entre sus manos y deshacer su forma infantil.

"¿Cómo va su inspiración? "

No entendía que alguien la pudiese estar observando. No podía ser real. Miraba y no veía a nadie. Decidió fingir.

Continuó escribiendo sin preocupación evidente. Inclinó su rostro mientras sus dedos tecleaban con falsedad una historia que no se estaba escribiendo. Con disimulo levantaba sus ojos, mas no su rostro. ¡Lo vio! Justamente en el balcón del frente a su habitación. Allí la miraba tras el enorme tiesto que daba vida a un frondoso árbol. Estaba en el mismo hotel; en una habitación distinta, pero muy cercana a la de ella. ¿Cuántos días habrá estado observándola? ¿Cuántas veces la habrá visto mirar ensimismada cada estrella? O peor aún, ¿Cuántas veces la habrá visto llorar mientras escribía su propia historia? Deberá haber pensado que es toda una bohemia alcohólica que vacía botellas de vino por la noche mientras escribe y llora. Menos mal que no sabe que era su historia, porque se hubiese puesto en evidencia que han sido muchos momentos tristes los que ha vivido. Pero, ¿por qué pensar tanto en esto? Hasta en España llueven los entrometidos.

- *¡Pues mi inspiración se ha jodido porque usted me la cortó!*- gritó Anabelle a aquel hombre desde su balcón.

Aunque entendió cada palabrota de su vecina de hotel, levantó su mano para saludar a su nueva amiga. Sonreía y no dejó de hacerlo a pesar de que Anabelle recogió sus pertenencias, apagó la luz y se metió a su cama.

Aviones de papel continuaron cayendo en el balcón de su cuarto con o sin su presencia. Ya estaba harta de esto. Una noche, con la ayuda de su hija construyó un avión y lo envió a su vecino. En su interior escribió:

"¿Cuántas hojas faltan para que termine la libreta con la que construye tantos pendejos aviones de papel ?... Los de mantenimiento le odian. "

En la mañana un empleado del hotel tocó la puerta de

su habitación.

- *Señora aquí tenemos su pedido.*

- *Creo que se ha equivocado de habitación.*

- *¿Es usted la escritora?*

Acababa de entender el sentido de aquella expresión. El mensajero estaba llevando a cabo una broma sin saberlo. Su cara de ingenuo evitaba que Anabelle se enojara con él.

- *No señor, no soy escritora.*

- *Señora, yo solo hago entrega de los mensajes y pedidos. Junto al paquete viene una nota. Lea y firme.*

"Estimada Escritora:

He comprado toda una pila de libretas. Así habrá suficientes para que usted escriba y para que yo haga aviones de papel.

De paso la invito a cenar esta noche a las siete."

Anabelle recibió la entrega y se tiró a la cama pensando en el mensaje que acababa de leer. Venía a buscar paz y se encontró con un ingeniero de aviones de papel que ahora le sumaba un nuevo personaje a la novela que durante su viaje de placer comenzó a escribir.

No lo había visto bien, pero aceptar aquella propuesta ¿no sería una locura? Hace mucho que se estaba portando bien, aunque pensándolo mejor no había razón para pensar que tras aceptar una cita tendría que portarse mal. Ni tan siquiera lo había visto de cerca y ya su mente estaba pensando en el pecado carnal. ¿Por qué Dios le había regalado aquella mente tan mundana?

Así de alegre ya estaba en la ducha mirando ansiosa la hora que se aproximaba. Faltaba una hora para que se diera aquel encuentro. Problemas de ropa no tenía porque ya hemos notado que problemas de percha jamás serían un asunto mayor en su vida. Mucho menos de apariencia. Había nacido con esa bendición de hacer que todo en ella siempre luciera impecable.

Una hora más tarde, como quien finge que no le interesa mucho lo que está a su alrededor porque ha llegado a un sitio sin ningún propósito, Anabelle ocupaba un asiento de una mesa para dos comensales. Si se encontraba en el restaurante correcto, el ingeniero de papel estaba retrasado por quince minutos. La hoja que le entregó el mensajero del hotel hablaba de un hotel, pero no decía cuál.

En un tiempo paralelo se encontraban la escritora y el ingeniero en dos restaurantes distintos. El juró que había escrito el nombre del lugar en aquella nota, pero la rapidez no fue su aliado y a causa de esto había olvidado anotar ese humilde detalle. Ella por presumir de sabia y orgullosa supuso que de tantos restaurantes en Madrid, el de su hotel era el predilecto de su ingeniero.

Frustrado por la espera, el ingeniero tuvo mayor ingenio. Repasó una y otra vez mentalmente la nota que redactó. Hasta que su sentido le dijo que algo faltaba. Saltó de su asiento y salió a la puerta del lugar en donde se encontraba a la espera de un taxi cuyo conductor amara la adrenalina y la velocidad. Para su desgracia un hombre sumamente mayor y de pausado guiar fue el que apareció para llevarle a su destino. Era tan lento al conducir que una hora más tarde fue que estaba pagando la tarifa para ir en busca de su escritora invitada.

El orgullo había podido más que las ganas de conocer aquel fastidioso hombre que no dejaba de acosarla con algo tan barato como el papel. Ya se había marchado cuando llegó su vecino de hotel. Él estaba preparado para esto. Al no verla, tomó el elevador y tocó con insistencia en la puerta de su habitación.

Se había quitado sus elegantes atuendos y en su lugar tenía de suplente un pijama de su color favorito. Unas pantuflas peludas cubrían sus pies y unas singulares hebillas evitaban que el estirado de su pelo entrara en pánico y se largara. Conservaba el maquillaje para la ocasión pues era lo único que no le molestaba para lucir siempre muy bien.

Abrió la puerta deprisa esperando encontrar una bandeja de helado de chocolate que le había pedido al servicio del hotel. Allí frente a su puerta estaba el ingeniero con su pedido de helado y una rosa roja entre sus labios. De su cuello colgaba un papel que había atado con las cintas de un calzado de modo improvisado para que no cayera. En él se leía la palabra "Perdón".

Todo esto ante sus ojos hizo que Anabelle riera a carcajadas. Su vecino de hotel estaba loco de remate. Su cuerpo no estaba nada mal. Su estatura, tampoco. Su cabello tenía un corte radical y sus bellos ojos azules estaban cubiertos por unos espejuelos enormes color negro que le daban cierto toque de *nerd*. Debía tener su edad. Era imposible que a mucho decir, pasara de los cuarenta. ¿Qué le pasaba a su ropa?

¿Nadie le había dicho que las tenis altas, con la lengüeta por fuera eran para adolescentes? ¿Ese jean tan ajustado no le ahorcaba sus pelotitas? Y su camisa mostraba gran parte de si nítido pecho. ¡Eso sin lugar a dudas era la mejor vista de la noche!

- ¿Me ha visto cara de Cristo para pedirme perdón?

- Le pido perdón por haberla hecho esperar en el restaurante incorrecto.

-¿Y qué le hace pensar que lo estuve esperando en algún lugar durante esta noche? ¡Míreme la facha! Ni en mis sueños lo estuve esperando.

- No presuma. Su maquillaje delata. Se había puesto guapa para mí. Y no trate de negarlo. Le he dado su descripción al mesero del hotel y me ha dicho que se marchó hace unos cuarenta minutos. De haber llegado un poco antes nos hubiésemos cruzado y me hubiese evitado la vergüenza de andar con un letrero al cuello que pide perdón.

- No puede pasar. Mi hija está en la habitación.

- Descuida, eso ya lo he resuelto.

-¿Cómo has sabido tú que tengo una hija? ¿Eres un

asesino en serie?

- No me hagas reír, que aún no he comido y tengo la barriga llena de gases, aunque con este helado que ya se está derritiendo pretendo ocuparme de ese asunto.

-¿Entonces?

- Te he visto construir el avión de papel con la ayuda de una niña.

- ¿Y cómo explicas lo del mantecado?

-Justo cuando llegué el hombre de la entrega iba a tocar tu puerta para hacer la entrega y le dije que no era necesario que me alojaba junto a ti en esta habitación y que yo mismo lo haría. Confió en mi palabra y se retiró. Y deme las gracias que ya le he dado la propina.

- ¿A qué te referías con lo de que ya has resuelto el asunto de mi hija?

- En el lobby del hotel hay un tablón de anuncios. Se ofrecen servicios de todas clases. Allí he tomado el número de las niñeras que trabajan para el hotel y las he contratado durante todo lo que queda de la noche. No puedes negarte a salir conmigo, pues ya les he pagado por sus servicios. Están a la espera de ser llamadas para subir. ¿Algo más que quieras saber?

- ¡Sí! ¿A dónde es que me piensas llevar?

- A mirar el cielo que sueles observar cada noche. A contar cada estrella que te inspira a escribir tantas cosas. A sentir lo que sientes por horas sentada junto a tu

ordenador. A soñar contigo, si me lo permites.

Una corriente eléctrica atacó la sangre de Anabelle y la hizo temblar por un momento. Le pidió unos minutos para prepararse mientras él llamaba a las niñeras.

Al salir del baño estaba mucho más guapa que la primera vez que se había preparado. El extendió su brazo para ayudarla a salir y la noche era joven para lo que comenzarían a vivir estos dos locos desconocidos.

Mariano era maestro de baile para jóvenes y adultos. Eso explicaba su forma de vestir. Vivía en España. Eso explicaba su sensual acento. Tenía 34 años. Eso confirmaba la proximidad de edad que Anabelle había intuido desde el principio. Mariano era casado. Eso lo supo desde el primer día en que comenzaron a salir. Esto hacía que mantuviera los pies sobre la tierra. No le afectaba mucho esta información porque él también aceptaba la relación que ella sostenía con Norman. Esto era un amor fugaz que terminaría muy pronto cuando tuviese que regresar a su casa, a su trabajo, junto a su prometido.

Ahora la historia se escribía en las mañanas porque las noches, en su mayoría, transcurrían entre los brazos de aquel apuesto maestro. Anabelle trataba de mantenerse ocupada porque en los momentos de ocio su mente le reclamaba por lo que estaba haciendo. Cada día despertaba con la determinación de terminar con esta locura. La esposa de Mariano llegaría en cualquier momento de su gira promocional. Ella también era bailarina. Se conocieron como profesor y alumno. De allí nació su historia de amor y ella pasó a ser parte de su equipo de trabajo cuando se comprometieron en matrimonio. Eran una pareja de recién casados. Sin embargo él se había unido por la seguridad económica que llegaría a su vida al tenerla como socia. Durante sus ocho años de noviazgo, se habían separado una infinidad de veces. Ella le suplicaba por una reconciliación. El resultado final era una empresa de baile que entre sus altos y bajos habían hecho crecer y que hoy les permitía darse una vida de cocteles y hoteles que no paraba. Su éxito era arrasador y su nombre ya era conocido por toda España. Anabelle no era su primera aventura. Esto se le daba muy bien. Su esposa lo había descubierto antes, pero siempre jugaba con la esperanza de no ser atrapado una vez más. Se la pasaba muy bien con ella y no quería que su aventura acabara tan pronto.

Todo este asunto tenía que acabar. Ella quería tener más tiempo para su hija, más tiempo para ella y regresar convertida en una mujer nueva para Norman. Este la extrañaba mucho. Sus días transcurrían lentamente y cada vez sufría más. Quería que esas vacaciones finalizaran para volverla a cubrir de besos y pasear por el parque tomados de la mano. En sus últimas llamadas telefónicas la había notado cortante, pero supuso que su ansiedad por terminar las llamadas era por los altos costos que las mismas generaban. Ella le había prometido regresar muy pronto y eso lo llenaba de felicidad. Ella quedaba cargada de angustia cada vez que lo escuchaba porque sabía que era una egoísta al serle infiel a un hombre tan excepcional. Enterraría este asunto y oraría cada momento para que jamás se supiera lo sucio que había jugado.

Anabelle comenzó a darle evasivas a las invitaciones de

Mariano. Volvió a escribir por las noches. Definitivamente las estrellas surtían un maravilloso efecto en sus escritos. Decidió darle al asunto un final de novela. Esa noche, construyó un avión de papel que envió más tarde al balcón de su amante. Sabía que no lo leería esa noche porque la luz de su cuarto estaba apagada. Esperaba que la mañana siguiente fuese portadora de su adiós.

-¡Así como llegaste a mi vida, te vas! Buen viaje mi ingeniero de papel...

Anabelle se sintió libre al lanzar aquel avión de papel que fue enviado al balcón de Mariano.

Este sería su último desayuno en el hotel. Más tarde recogería sus cosas y regresaría junto a Norman. No quería avisarle sobre sus planes porque deseaba darle la sorpresa de llegar a recogerlo a su trabajo para ir a comer o dar un paseo a solas. Su hija ya estaba aburrida de ver lo mismo y por ende, la noticia de volver a casa la llenaba de satisfacción.

Le dijo que pidiera todo lo que quisiera ya que ella comería hasta saciar su antojo. La mesera tomaba divertida todos los platos que sus comensales querían degustar. Cuando la orden fue traída a su mesa sus ojos vieron algo sorprendente. En el otro extremo del salón, atendiendo otra mesa se encontraba Doris.

Anabelle caminó hasta su encuentro y sus ojos se llenaron de lágrimas al volver a ver a su amiga del alma. Doris era una compañera de clases que se convirtió en su confidente durante los años de escuela superior. Se sentaban juntas en cada salón e incluso después de clases iban juntas a todos lados. Cuando cursaban el último grado de escuela superior, Doris sorprendió a todos con la noticia de que está embarazada. La reacción de disgusto fue masiva, sin embargo las amigas festejaban el que juntas lo iban a cuidar. Tampoco era algo como para hacer tanto escándalo porque su amiga, llevaba tres años de su vida saliendo con el mismo sujeto. Dado a que la familia de la embarazada era santera, comenzaron a darle brebajes para que se deshiciera de su paquete. No lo lograron. Jamás fue llevada a un hospital. No querían que nadie más se enterara de la sabrosura que había hecho su hija. La relación con su novio no finalizó. Incluso llegaron a casarse. Se fueron a vivir muy lejos antes de que la panza creciera y todos se dieran cuenta. A pesar de esto, las amigas mantenían su amistad y solían verse los fines de semana. El esposo de su amiga se dejó llevar por el mal camino. Se fue dedicando a la venta y distribución de drogas. La policía lo fue buscando con discreción. Comenzaron a mudarse de un lado para otro. Noticias amenazantes llegaban por doquier, informando que lentamente los familiares del esposo iban siendo asesinados para saldar malos tratos o negociaciones. Doris le pedía a su amiga que mantuvieran distancia porque no quería que la relacionaran con cualquier acción negativa de su pareja. Anabelle lo entendía, pero no lo aceptaba. Buscaba la manera de estar al tanto sobre el paradero de su amiga. Cuando lo arrestaron no tardaron en darle una sentencia de veinte años de cárcel, la cual parecía ridícula ante todos los cargos por los cuales lo estaban acusando. Su dinero había servido para algo. Pudo contratar al mejor abogado, quien utilizó todos los tecnicismos posibles para disminuir la condena de su representado. Doris pensó que podía esperar porque lo amaba. No podemos olvidar que la distancia lo enfría todo. A solas tuvo su hija, con la ayuda de una vecina comadrona. No podía salir a registrarla por miedo a que la asesinaran e la calle. Vivía escondida. Compraba distintos disfraces haciendo uso del internet. De este modo, era que cada sábado lo visitaba religiosamente. Al pasar de unos cuantos meses conoció a un hombre que empezó a ocupar el lugar de su esposo. Doris nunca había tenido que trabajar. Su pareja le había todo lo que necesitaba con su dinero sucio. Ella se sentía sola. Comenzó a conocer amigas nuevas. En una de esas salidas, le fue presentado el primo de una. Juró que eso no pasaría de una amistad. Todo comenzó con llamadas telefónicas que fueron calentando sus oídos. Sus conversaciones fueron adquiriendo color y las fotos sugestivas comenzaron a ser enviadas de celular a celular. Su marido llevaba en cárcel dos años. Por su buena conducta dentro del Centro de Reinserción Social, y la ayuda de aquel súper abogado, le faltaban tres años para cumplir su condena. Doris pensaba que lo estaba haciendo bien. Cuando se acostó con su amante quedó enamorada. Todo ese amor que decía sentir por su marido desapareció de la noche a la mañana. Continuaba visitando a su esposo cada sábado, pero ansiaba que cada visita finalizara con ligereza. Comenzó a decir que fue un error enamorarse de su esposo. Que solo una loca se hubiese casado con él. Que estaba arrepentida de haberse unido a un delincuente y que maldecía la hora en que lo conoció. Aseguraba que había encontrado el amor de su vida en el nuevo hombre que conoció. Se dejaba ver en las calles por sus vecinos con su nuevo supuesto amor. Hasta que un día, saliendo de su hogar se cruzó frente a frente con el mejor amigo de su esposo, quien no dudó en visitarlo para contarle sobre las infidelidades de su mujer.

El sábado siguiente una petición de divorcio esperaba a Doris en la cárcel. Su marido le dijo que ya conocía sobre su aventura y que no era necesario que lo negara porque hasta fotos le habían mostrado. Ella comenzó a vomitar producto del susto que la arropó. Olvidó que en esta vida todo se sabe. Pensó que Anabelle la había traicionado pues era la que mayor información tenía sobre sus andanzas. A pesar de que esta trató de hacerla entender que no tenía que ver con la información que había recibido su esposo, le dejó de hablar y fingía no haberla visto cuando se encontraban por casualidad. De esa amistad, solo había quedado Raiza. Anabelle había aceptado aquel distanciamiento, pero nunca le había perdido el cariño que como amigas las había unido. Esto no podía ser olvidado porque en uno de los peores momentos, en los cuales le pedía al cielo ayuda para ser madre, Dios no solo le dio una hija, sino que le daba una nueva oportunidad de reencontrarse con su gran amiga, aunque fuera por parte de su pequeña bebé.

Cuando Doris se vio aterrorizada por las amenazas de su esposo, quien la intimidó diciendo que le iba quitar a la pequeña, huyó hasta un Centro de Adopción y dejó a su hija abandonada. El destino quiso que Raiza fuera a ser parte de la vida de Anabelle. Esta supo que se trataba de la hija de su amiga mientras hacía los trámites de adopción y vio la firma de la madre biológica, aceptando que cedía al Estado todos los derechos que tenía sobre la menor. Como nunca la registró de manera oficial, la adopción fue mucho más fácil. Desde entonces la amó mucho más allá de lo normal, porque no solo veía en ella la bendición de ser madre, sino que se trataba de la hija de una de las mujeres que más quiso en su vida. La misma mujer a la que ahora tenía de frente.

Antes de que todo fueran amenazas espantosas, el esposo le había exigido a Doris que no se acercara a la casa que tenía muy apartada de todos, pues se trataba de una herencia que en vida su madre le había dejado antes de conocerla a ella. Le dijo que sería una falta de respeto que le permitiera la entrada a otro hombre justamente bajo el techo que él tenía reservado para su hija, mientras pasaba sus años en cárcel. Ella estaba desesperada porque con esto perdería también la ayuda económica de su suegra quien le había mantenido durante todo este tiempo para que no se viese en la necesidad de irse a trabajar. Doris le suplicó que la dejara vivir en su casa hasta que él saliera de la cárcel. Le respondió que eso no podía ser posible porque su sentencia había sido reducida y que si mostraba buena conducta y ofrecía servicio comunitario estaba a menos de tres años de salir de allí y por esto necesitaba un hogar desocupado. Le pidió que no volviera a visitarlo porque él iba a salir adelante con la ayuda de Dios en quien había comenzado a creer estando en la cárcel. ¡Cuánta ironía!

Doris fue en busca de su amante y le contó lo sucedido. Este le dijo que estaba muy engañada si creía que podía contar con él en medio de ese asunto. Le confesó que tenía mujer e hija. Que estaban recibiendo terapia familiar para solucionar sus problemas maritales y que estaba por decirle que lo suyo tenía que terminar porque no quería perder lo más valioso de su vida, que era su familia. Su esposa acababa de darle la noticia que iba a volver a ser padre y eso lo tenía por las nubes.

La realidad es que meses más tarde, Doris despertó con la noticia de que su esposo se había ahorcado en la celda de la prisión. Dejó una carta que explicaba que su vida era muy dura desde que ya no la tenía. Manifestó que su decisión era por su culpa al no haber cumplido la promesa de esperarlo para envejecer juntos. Esto hizo enloquecer a Doris, quien a pesar de recibir tratamiento psiquiátrico, murió emocionalmente a raíz de este incidente. Era la culpable de una muerte y eso no se lo podía perdonar jamás.

Cuando reconoció el rostro de quien la abrazaba en ese momento, Doris repitió ese abrazo y lloró junto con su amiga. Anabelle le hizo saber que ese mismo día regresaba a su país, pero quería hablar con ella si era posible. Doris estaba haciendo cambio de turno en ese momento y le pidió encontrarse un rato más tarde en su apartamento que quedaba a dos cuadras del hotel.

Regresó a su mesa y terminó de desayunar junto a su hija. Estaba muy feliz de volver a estar en contacto con su vieja amiga, aunque se preguntaba cómo fue a parar tan lejos. Tenía tantas preguntas por hacer que la comida le fue cayendo mal y antes de ir a su encuentro tuvo que hacer una larga parada en el inodoro de su habitación.

A lo lejos, Doris no podía retirar su mirada del rostro de aquella niña que le resultaba tan familiar. Anabelle perdió las fuerzas para decirle que se trataba de su propia hija. No quería enfrentarse a un pleito legal. No quería crear ningún espacio para distanciarse de la menor.

Notó que la puerta del balcón aún estaba abierta. Fue a cerrarla. Dio una última mirada al balcón de Mariano para asegurarse de que su avión de papel ya hubiese sido recogido. No era así. Aquel avión de despedida que había quedado estancado en el frondoso árbol del balcón de su vecino aún no había sido descubierto por su destinatario. Pero,¿ quién era esa mujer? Una joven elegante, de caminar en punta, se asomó sonriente al balcón de Mariano y alzó su rostro alegre para recibir el viento que rondaba sobre su cara. Aquel avión juguetón se dejó llevar por la brisa y fue a parar en las manos de aquella mujer. Anabelle observaba curiosa lo que sucedía. La joven jugó con el avión unos segundos. Se percató de que llevaba un mensaje y decidió abrirlo. En ese momento, Mariano se acercaba para abrazar por la espalda a su esposa. Notó que tenía en sus manos aquel conocido papel. Miró hacia su balcón vecino y la miró con asombro. Con un gesto de inocencia esta intentó explicarle que no había sido su intención. La sonrisa de los ojos de aquella mujer había desaparecido y una lágrima brillante bajaba por sus mejillas. Empujó con delicadeza a Mariano y se dejó caer en el suelo. Jamás notó que Anabelle la observaba desde su balcón y quizás así fue mejor. Mariano acariciaba su cabeza y con la otra mano le hacía una señal de adiós a su escritora fugaz. En su rostro no había coraje. Aquella despedida a distancia le indicó a Anabelle que hizo bien al terminar con aquella aventura. Le indicaba que Mariano tenía tanto control de la situación que ya para mañana su esposa habrá creído en sus palabras y seguirán siendo por una eternidad esa pareja que se mantiene unida, no importando el dolor de sus consecuencias. El seguirá siendo el esposo seductor infiel y ella la esposa que todo lo acepta porque no concibe una nueva vida sin él.

Encontró sin dificultad el apartamento de Doris. Su amiga, con una sincera mirada, le dejó saber que el pasado estaba olvidado. Doris le dijo que sabía perfectamente que ella no la había delatado porque su esposo le había dicho que era producto de su mejor amigo. Se alejó porque pensó que Anabelle la iba a repudiar como todos los demás.

-Estoy aquí, tan lejos de todos porque un capitán de cruceros me ofreció trabajo en su barco como empleada de mantenimiento. Necesitaba trabajo y acepté. En uno de los destinos desembarqué y quise probar suerte en estas tierras. Volver no tenía sentido. Alejarme era el remedio para que los demás me olvidaran y dejaran de culparme por la fatídica suerte de mi difunto esposo. No me ha ido mal, pero no he podido ser la de antes. Vivo sola. No he querido conocer a nadie más. No soy feliz, pero tampoco, infeliz. Tengo lo justo para vivir con decencia. Vivo a la espera de poder contactarlo alguna vez para pedirle perdón. No cumplí con la promesa de esperarlo y esto lo llevó a perder la vida.

-¿Cómo esperas volverlo a ver?

- ¿Ves esa tabla de madera allí? Mi familia la usó por décadas para contactar a sus seres queridos desde el más allá. Ese triángulo que descansa sobre ella señala el mensaje que los espíritus nos quieren dejar saber.

- ¿Solo para contactar muertos?

- Muchas veces tenemos dudas sobre distintos sucesos y contactamos espíritus que nos ayuden a entender lo que no podemos.

Doris había captado las preguntas de su amiga. Tantas interrogantes no eran algo natural.

- Sé que algo te preocupa. ¿Cómo te puedo ayudar?

Su amiga le explicó el motivo de su viaje y le dijo que quería estar segura de que seguir adelante con su relación junto a Norman era lo correcto para llegar a ser inmensamente feliz. Le dijo lo que no se había atrevido decirle a nadie. Sus palabras confesaron el gran amor que aún sentía por Sergio a pesar de su abandono. No había podido olvidarlo a pesar que este había decidido darle su amor a otra. Escuchar su nombre la inquietaba y le hacía vivir con la esperanza de un futuro mejor a su lado.

- Coloca tus manos sobre el triángulo y veamos si la tabla tiene las respuestas que tanto buscas para tu vida.

Entre murmullos, Doris hizo una invocación en donde invitaba la presencia de espíritus que tuviesen alguna información que ofrecer. Anabelle temblaba de miedo porque esas cosas le provocaban angustia, ya que pensaba que no todo lo que te habla por ahí viene de Dios. ¿Y si le hablaba algún malvado diablito? Trataba de calmarse, pero la esperanza de obtener respuestas la cargaba de energía. De repente, el triángulo comenzó a moverse en círculos.

- Dime cómo te llamas- dijo Doris.

El triángulo comenzó a moverse primero sobre la letra

"L" . Doris anotaba en un papel cada nueva letra. Se detuvo en la letra "O".

- *¿LORENZO?* - dijo calmadamente.

El padre de Sergio quería establecer contacto, pero Anabelle no tuvo el valor de escuchar. El triángulo siguió girando sobre la tabla, pero esta ya estaba muy lejos para verlo, dejando atrás la respuesta a muchas de sus interrogantes.

Capítulo 6

Nosotros

El amor es un sentimiento por el cual es importante arriesgarse. Vale la pena saber que alguien nos ama y que tenemos a alguien a quien amar. Es una fuerza que te da motivos para estar alegre o al menos, despertar con ganas de comerse el mundo de un solo bocado. El amor es muy parecido al proceso de la escritura. Comenzamos con una idea de lo que se quiere crear, pero a medida que va surgiendo cada palabra o cada oración, nos damos cuenta que hemos tomado otros rumbos y esa idea original se ha transformado hasta ser irreconocible. En el proceso escribimos cosas que son como los errores que cometemos en la vida. Sobre el papel se puede borrar, pero en la vida es imposible eliminar el dolor que le hemos causado a otros. Si el amor es grande, entonces escogeremos cada palabra con sumo cuidado para que el final, que es solo uno, sea el más divino que se haya visto en la vida humana. ¡Ojalá en la vida pudiésemos borrar cada fallo hasta lograr que nuestro final sea el mejor! No existe quien no haya tenido el placer de ser amado, ni tampoco aquel que pueda sentirse perfecto al decir que en su caminar no ha cometido errores. Estos son indispensables en el proceso del amor. De ellos mejoramos. De ellos aprendemos. Y si nos han herido, aun así, daremos permiso al corazón para que lo vuelva a intentar. El creador de los errores de amor también creó el departamento de las segundas oportunidades. Ya lo dice el famoso refrán: "*El que hizo la ley, hizo la trampa*". Comparo a las oportunidades con trampas porque otorgarle el perdón a ese otro que rompió tu corazón implica que te puedan volver a herir, aunque por el otro lado, puede darse la ocasión para que el perdonado pueda demostrarte que realmente le dolió el haberte hecho llorar. Lo peor es que todo esto es cuestión de suerte porque no hay seguro que garantice que la mejor opción es la que te va a tocar. Entonces solo te queda el confiar ciegamente y sentirte bondadoso en haber regalado perdón, aunque la otra persona decida aprovechar o no, la oportunidad que se le ha dado. Cuando algo tiene como base a la fe es importante tener presente que se entrega todo sin esperar a recibir nada a cambio. Reconocer que nos hemos equivocado nos hace grandes, pero tener fe en otros, también. ¿Nos merecemos todos una segunda oportunidad?...Yo pienso que sí. Quizás si vemos llorar a nuestra madre porque nuestro padre le fue infiel, le diríamos que no lo perdone. Esa sería nuestra respuesta bajo los efectos del coraje. Pero nuestra naturaleza es humana y allí manda el corazón. Este siempre estará dispuesto a perdonar, quien se lo impide es la razón. Por esto, es evidente que la oportunidades carecen de lógica porque quien las provee es el corazón. La mente busca proteger a nuestros sentimientos porque se ha enamorado del alma. No se puede decir que la razón es mala, simplemente es un agente de seguridad que sirve para exterminar todo elemento dañino que ha generado malestar a nuestro ser. Cabe destacar que no somos hadas del perdón. Tampoco es justo que otorguemos infinidad de oportunidades a quien ha dejado de merecerlas. Quien te hiere dos veces, no te ha amado jamás. Entonces dale a la razón la oportunidad de dirigir la toma de decisiones. Envía al corazón de vacaciones y deja como su suplente la lógica de la razón. Verás que cuando el corazón regrese, tu casa estará organizada y lista para continuar la jornada. Regalar demasiadas oportunidades es un indicio de que se ha perdido el amor propio. Hay parejas como la de Mariano que suben y bajan; van y vienen. No se han percatado que el amor en ambos ya se agotó. El lastimarse se ha convertido en el sustituto del corazón. Pero esta vez el corazón no se ha ido de vacaciones, se ha muerto de dolor. No tuvo quien le llorase porque nadie se ha dado cuenta de cuándo murió ya que hace mucho estaba vestido de costumbre. Seguir justificando las causas perdidas es pedir a viva voz que nos sigan lastimando. Si un amor se fue es porque jamás fue amor. Mejor déjalo ir y dale otro nombre que no sea amor; ilusión, pasión, capricho... Quien ha dicho que el que perdona, olvida es un vil mentiroso y con mucha certeza ha de haber sido ese maldito que hirió primero. Buscaba una segunda oportunidad a pesar de no merecerla. Perdonar es un voto de confianza que te invita a creer que no te volverán a herir, aunque nada garantiza que así será. Quien recibe el perdón no debe maltratar sus labios con promesas, sino que debe demostrar su arrepentimiento con actos.

Anabelle no regresaba a dar una segunda oportunidad al amor, se la estaba dando a ella, porque se había prometido que Norman no se enteraría de sus fallos. Este viaje le enseñó que no se paga mal a quien te ha amado. Se sentía tan culpable que tuvo darse un voto de confianza a sí misma para comprobar que se lo merecía. Si lo merecía o no, aún no lo sabía, pero su arrepentimiento era genuino y estaba abarrotado de honestidad. Encontró lo que fue a buscar en ese viaje a España. Su avión aún no aterrizaba, pero ya sabía cada paso que daría cuando retomara la vida que por un momento dejó atrás. Deseaba un final hermoso para su vida, por eso había borrado muchos fragmentos de su obra. Esta era su segunda oportunidad: tenía que aprovecharla.

Su avión aterrizó. Allí estaba él. Levantaba una gran pancarta que decía:

"Amo a tu hija, te amo a ti, y me sobra amor para el perro que aún no te he comprado"

Se supone que la sorpresa se la daría ella a él. ¿Cómo sabía que regresaba hoy? ¡Claro! Doña Violeta le tuvo que haber avisado que venían. Ella era la única que lo sabía. Nada importaba, allí estaba y su abrazo sirvió para que entendiera que no había reclamos. Era una zona libre de reproches. Si algo pasó, quedó atrás. No hacían falta globos ni fiesta de bienvenida. Esto era lo necesario para ser la nueva mujer que se había imaginado que sería. Sentir su piel sobre ella despertó ese calor de los primeros días. Dejó dar rienda libre a su imaginación para que se imaginara todo lo que su cuerpo sería capaz de hacer al estar con él en la cama.

Las mañanas que recibieron a Anabelle a continuación vinieron premiadas de pasión. La diferencia de edades ya no era importante en lo absoluto porque su vitalidad era inyectada en su piel para hacerla sentir tan joven como lo era él. Si sus manos se encontraban con las suyas bastaba para sentirse plena y afortunada en el amor. Temía que tanta perfección se agotara. Tenía miedo de pensar que nada en esta vida merece ser perfecto porque en cualquier momento termina.

Justo en ese instante comenzaron sus preocupaciones. Sus horas de trabajo comenzaron a menguar. El negocio para el que trabajaba estaba en desventaja con otros que se comenzaron a construir a su alrededor. La competencia era innovadora y había despertado la curiosidad de la clientela. Eran pocos los que se acercaban a consumir en El Palacio del Ron, y por ende, no hacía falta tanto personal. A pesar de que Anabelle era la encargada bajo sus turnos, el propietario nuevo estaba prestando sus servicios como un empleado más con tal de economizar lo más que se pudiese. Esto comenzó a lastimar el bolsillo de la familia y sus malos humores volvieron a renacer como en los tiempos de Sergio, aunque en esta ocasión, sus ataques no iban dirigidos a Norman ya que era el calmante perfecto para relajar su espíritu. Juntos salían a caminar por el parque, a comer helados o pasaban largas horas disfrutando de la programación local que veían en la televisión. Esta última alternativa, Anabelle dejó de tenerla tan presente cuando se puso en evidencia su cara de susto al pasar un nuevo comercial con el que no contaba. ¡De verdad que este mundo es pequeño! Y como dice la Sagrada Biblia...nada quedará oculto. Resulta que mirando la novela de moda de la tarde, mientras Norman iba por unas sodas al refrigerador, una melodía muy rítmica y típica de otra cultura, avisaba la llegada de una gira de artistas que promocionaban en su país una variada selección de bailes mientras se desarrollaba una trama. Algo muy parecido al concepto juvenil de "*High School Musical*", pero para la gente adulta. No lo podía creer. Si no cerraba la boca, estaba a punto de tragar moscas y despertar la curiosidad de Norman. Mil imágenes de sus encuentros fugaces con

Mariano pasaron por su mente. Nada más y nada menos, él y su flamante esposa eran las caras del comercial. Se veían muy atractivos y felices. Parecía que aquella crisis del avión de papel había sido superada. Anabelle pensó que tal vez lo mejor sería confesarlo todo y salir de ese trago amargo. Esto era una señal de la vida que le indicaba que no hay nada oculto que pueda ser escondido por siempre. No podía seguir viviendo con ese cargo de conciencia. La detuvo el recuerdo de su madre que la acompañaba siempre en donde le decía que si ya nos hemos arrepentido de corazón de alguna falla cometida, no hace falta contarla a algún otro. Si todo marchaba bien entre ellos, ¿para qué dañarlo? Decidió callar y así continuar como si nada hubiese pasado. Norman llegó con una soda en cada mano y notó que estaba muy pálida. Pudo inventar y tomar como excusa de su palidez el calor. Como siempre, él se mostró amigable con su respuesta. Por esta vez, funcionó. Esto le recordó que la segunda oportunidad que se estaba dando había sido bien aprovechada porque no quería volver a faltarle al amor de Norman ni mucho menos seguir pasando sustos como ese. Tomó su soda y besó la mejilla de su novio con sutileza. Prefirió darle menos tiempo a estar frente al televisor hasta que pasara de moda aquel anuncio que le ponía los pelos de punta. Estaba muy agradecida de aquel refresco que evitó que Norman hubiese visto su cara de asombro al ver a su ex amante.

En sus ratos libres continuó dándole forma a la novela que comenzó a escribir en Madrid. Su buena vibra ahora le servía de musa. Sentía que contar sus pasos por la vida era la mejor terapia que podía haber descubierto. Su escrito purificaba su alma y la libertaba de aquellos sentimientos encontrados que por mucho tiempo la atormentaron. De cierto modo, sentía que empezaba a perdonar la traición y el abandono injustificado de Sergio. En sus hojas decía todo lo que quiso decirle a aquel hombre, pero que al no dar con su paradero, no pudo. Reprimir todo aquello era como un tumor que crecía cada día más. Escribir era un tratamiento ideal que la revitalizaba. Era una puerta que dejaba escapar aquellos pensamientos que la consumían y así podía dejar entrar cada segundo, un poco más de felicidad. Norman estaba muy interesado en el contenido de su novela, pero ella le contestaba que nadie iba a leer sus páginas hasta que las hubiese terminado. Ni siquiera un pequeño adelanto quiso darle. Él se vio tentado de abrir su ordenador en varias ocasiones, pero el respeto a su privacidad era una de las cosas que había hecho funcionar su relación y no quería darse el lujo de perder algo tan valioso. Ella lo consolaba diciéndole que un personaje lo representaba a él. Eso lo hacía sentirse muy importante. Decía que algún día sería reconocido gracias a ella.

- ¡Por favor, déjame solita un rato! ¿No ves que cortas mi inspiración? En un momento debo irme al trabajo y quiero dejar este capítulo terminado.

- Ok. Te dejo quieta, pero al menos debes premiarme dejándome bañar contigo hoy. La economía está muy mala y hay que ahorrar el agua.

Al llegar a su trabajo, Anabelle recibió de parte de la Administración, una carta de cesantía. El negocio estaba atestado de viejas deudas que se fueron acumulando por muchos meses e iban a cerrar operaciones. En el sobre, una carta de recomendación había sido adjuntada. No sabía cómo llegar a su casa y contarle a Norman la nueva noticia. La fecha de cierre total estaba pautada para dentro de unos días. En el viaje había gastado demasiado. No tenía ahorros para enfrentarse a esta crisis. Actualizaría su currículo y no perdería tiempo en encontrar un nuevo empleo. Haría alarde de todos sus grados universitarios y saldría a fanfarronear lo suficiente como para ser contratada en un plano profesional. Desempolvar su diploma era algo necesario. Norman lo entendería, pero no quería ser una carga más en su vida. Ya era suficiente con la crianza de sus hermanos. Dejó pasar su jornada de trabajo y de camino a casa no paró de pensar en posibles soluciones.

Durante varios días utilizó como excusa el cansancio para evitar decir la verdad sobre su despido. Disimulaba hacer llamadas en donde se excusaba para no ir a trabajar. Norman no era tonto. Observaba todo con cautela y callaba. Sabía que encontraría la forma de descubrir lo que pasaba. Anabelle era una persona fácil de leer. Se ponía nerviosa al tenerlo cerca. Eso significaba que era algo que él no podía saber. Los motivos no iban a tardar en salir a la luz. No dudaba de su fidelidad. Se le notaba que era algo que no contaba por no herirlo. Verla sufrir lo lastimaba. Quería poder tener el poder de remediarle cada momento de tensión. Total, en esta vida todo tiene arreglo menos la muerte.

En la mañana, Norman salió directo al trabajo de Anabelle. No era normal que se ausentara por tantos días. En el estacionamiento había un carro estacionado. Era del dueño del local. Lo reconoció porque lo había visto antes. El panorama hablaba por sí solo. De la puerta principal colgaba un letrero que decía "Subasta".

Se le acercó al dueño para conocer los detalles. No quería preguntar lo incorrecto. No se delataría. Le seguiría la corriente a la conversación.

- ¡Buenos días! ¿Nuevo cartel para el local?

Quiso hacer una broma sobre el letrero de Subasta para entrar en confianza con el propietario que también lo reconoció al verlo.

- Mala racha que me ha tocado. Es el segundo negocio que en menos de ocho meses he tenido que cerrar. Lamento haber tenido que despedir a mis empleados. Ya no había más nada que hacer. Traté de pedirle un préstamo al banco, pero me lo denegaron. Atrasé el cierre lo más que pude.

- Sí, Anabelle me comentó. ¿Ya no hay nada que se pueda hacer?

- No. El Banco ha decidido hacer una subasta para que el mejor postor lo adquiera y haga con este local lo mejor que le parezca. Escuché que hay unos cuantos interesados en comprar. Y por cierto, ¿qué piensa hacer ahora Anabelle?

- Ella está dedicándose a terminar una novela que ha decidido publicar. Esperamos que tenga éxito. Es muy buena. Fue la primera excusa que se le ocurrió pues no sabía qué haría Anabelle para encontrar un nuevo ingreso. Solo la había visto sentada frente a su ordenador por lo que supuso que estaba dedicada en cuerpo y alma a su libro.

- ¿Escritora? ¿Quién gana dinero vendiendo libros hoy?

Norman se sintió ofendido por su comentario, pues todo lo que tuviese que ver con Anabelle para él era perfecto y no merecía críticas injustas.

- Parece que no llegó a conocerla bien, pero cuando su libro salga a la venta tendré una copia firmada con mucho gusto para usted.

- No se me ofenda muchacho. Sé que Anabelle es muy talentosa y si alguna vez vuelvo a levantar un negocio no dudaré en tenerle una nueva oferta que sea de su agrado y esté a su altura. Yo me despido porque solo vine a recoger mis últimas pertenencias ya que el plazo se vencía hoy.

- No lo entretengo más. Me detuve porque le vi solo y quise saber si le hacía falta ayuda con algo. Una última cosa... ¿Sabe qué Banco tendrá a cargo la subasta?

- Ten aquí la tarjeta. En ella encontrarás toda la información. No gastes tu dinero en bares. Ya hay demasiados por aquí. Digo, si es en eso en lo que estás pensando. Eres muy joven para manejar un negocio como este. Anabelle merece un futuro lejos de esta clase de ambiente. ¡Éxito!

- ¡Gracias!

No esperó un minuto más. Creyó tener la solución al problema y no se equivocaba. Caminó directo al banco y solicitó un préstamo que cubriera el monto de venta solicitado por el local. Aquel hombre tenía razón. Anabelle merecía una vida alejada de barras. Ya estaba cansado de ofrecerle las estrellas. En esta ocasión se las bajaría y se las pondría en sus manos.

Los trámites de aprobación tardaron varios días. Salía de su casa sin decirle a dónde se dirigía. Ella estaba tan ocupada en su ordenador que apenas notaba la ausencia de Norman. Escribía a ratos su libro, pero su prioridad era enviar currículos por internet. Habían pasado días y días sin que nadie le ofreciera una entrevista de trabajo. Estaba más que desesperada. Tuvo que decirle a Norman la verdad. El no reaccionó preocupado. Ella no sabía que él estaba trabajando en la solución. Ella pensando en él, y él pensando en ella. Al menos las cosas del amor sí iban bien.

Para poder terminar lo que había iniciado, Norman tuvo que renunciar a su trabajo. Era la única manera donde podía fingir que asistía con regularidad a su antiguo empleo sin levantar sospechas en su casa. Esto le dio el tiempo suficiente para contratar personal y dar movimiento a sus planes. Le urgía ver terminada su obra. Iba en muy buen camino.

Mientras los días y las noches desfilaban, Anabelle había logrado adelantar bastante su libro. Tuvo varias entrevistas sin éxito. Por otro lado, Norman finalizaba el trabajo que le devolvería el disfrute a los días de su amada. Al ver el éxito de su proyecto, solo le restaba darle nombre a su maravillosa idea.

Todo le había salido a pedir de boca. El Banco tardó, pero al final terminó por aprobarle el préstamo comercial solicitado. Compró el local que había servido de punto de inicio en su relación con Anabelle. Allí la había conocido y por esto había puesto tanto amor en no dejarlo morir. Remodeló su estructura. De una apariencia sombría, ahora era un comercio colorido y acogedor para todo tipo de edad. Ya no se trataba de un bar. Era una hermosa cafetería que abriría desde muy temprano en la mañana y cerraría sus puertas al oscurecer, ofreciendo ricas cenas para las familias. Junto a él, Anabelle sería la administradora pues tenía la experiencia que le había brindado su antiguo empleo. Ya no se separarían en todo el día y llegarían juntos al hogar cada noche.

El día de la apertura transcurrió como sacado de un cuento de hadas. Hizo programar la alarma de su celular para la medianoche. El ruido que produjo despertó consigo a su amada. Le pidió que se vistiera muy hermosa porque era un día especial. Quería celebrar con ella su relación, aunque no fuera la fecha de su aniversario. Le pidió que no pensara que todo aquello era algo extraño porque el amor era así de espontáneo. Quería que le siguiera la corriente y disfrutaran de un día más de vida juntos. Dijo que quería verla sonreír y sentir cuán fuerte era su amor. Despertó a la niña y le dio las mismas instrucciones que le había dado a su mujer. Nadie entendía lo que pasaba, pero era algo nuevo que los divertía.

Prontamente estuvieron listos para seguir la locura de Norman. Anabelle reía y su expresión se tornó liviana y divertida. Su hija bromeaba al respecto y les decía que parecían un par de adolescentes a la fuga.

La aventura comenzó con un viaje en auto por la costa. Ella disfrutaba desde niña bajar la ventana del auto para disfrutar el olor a salitre que expedían las olas del mar. Era una experiencia relajante que había heredado a su hija, quien en modo automático bajaba su cristal a la par con Anabelle para inhalar el olor de las olas. La primera vez que pasearon por San Juan, Norman pensaba que iba junto a una familia de locas de atar que se daban pases de sal al ver el cuerpo de agua salado. Anabelle le pidió que hiciera el ejercicio junto a ellas, y sintió la paz que estas encontraban al bajar el cristal del auto al ver ese panorama tan hermoso. Hoy compartía con ellas la experiencia con mucha naturalidad. Se había unido a la familia de los locos de atar y se sentía muy orgulloso de formar parte de ese grupo.

Su curso los llevó a hacer varias paradas ya que Raiza de tenía una afición por los inodoros ajenos y sentía fuertes ganas de orinar cada vez que se aproximaba a uno. Entre el frío de la noche y caprichos absurdos por los inodoros, se juntaron como unas cuatro paradas antes de culminar las primeras dos horas de viaje.

A las tres de la mañana, Norman detuvo el automóvil frente a una antigua iglesia que quedaba sobre una loma. El viento golpeaba sus paredes fuertemente. Comenzó a buscar alguna hoja sobre la cual escribir y solo pudo dar con unas viejas facturas de agua y luz que estaban en la gaveta principal del asiento del pasajero. Sin destreza alguna, picoteó el papel en tres pedazos y le entregó uno a cada miembro de su familia. Les pidió que escribieran ahí sus mayores deseos y los dejarán volar frente a Dios. Si tenían fe los verían concretados muy pronto. No dejó de observar lo que Anabelle escribía en su papel a pesar que ella intentaba cubrir con su cuerpo cada palabra. Perfectamente pudo leer que rogaba por dejar atrás el estancamiento. Pedía que su relación jamás terminara ¡Qué bueno que podría ayudarla con eso! Antes del amanecer podría ser testigo de este milagro cumplido. Amarla era algo que daba por hecho mucho antes de que ella pudiera haberlo deseado.

De regreso al auto, en dirección a un nuevo destino percibió cómo el cansancio venció a la que ya consideraba hija suya. Aprovechó la ocasión para besar a Anabelle sin permitirse un segundo de descuido al volante pues sus ojos jamás se cerraron. Dejó una mano en el guía del auto y posó la otra sobre la pierna de su mujer. Mirando al frente, prometió cuidarla por siempre y no tener ojos para otra. La piel de Anabelle se erizó bajo sus dedos. Esa química entre ambos se había mantenido latente desde el momento en que se conocieron.

Miró el reloj incrustado en el panel del auto. Eran las cinco de la mañana. Su pie derecho pisó el acelerador. Aún quedaba una distancia por recorrer antes de llegar a la última parada.

- *Ya debes tener hambre.*

- *Más o menos. Es casi hora del desayuno.*

-*¿Qué te parece si las invito a tomar la comida más importante del día?*

-*Me parece bien si te parece bien.*

-*Me parece bien lo que a ti te parezca bien.*

- *¿Qué esperas pues? ¡Conduce!*

Norman continuó al volante. Los ojos de Anabelle se mantuvieron cerrados hasta que un rayo de luz jugaba sobre su cara. Lentamente sus párpados se abrieron y notó que ya estaban muy cerca de su casa.

- Pero, ¿no nos habías invitado a desayunar? ¿Te arrepentiste?

- Soy un hombre de palabra. Si te ofrecí desayuno, lo tendrás. Y si no encuentro un lugar abierto que lo haga, me convierto en gallina y pongo huevos que te sirvan para una gran tortilla.

- No conozco por aquí ningún lugar que sirvan desayunos.

- Yo creo que sí he visto uno. Es por aquí.

- ¿Ya se te olvidó que por aquí solo queda El Palacio del Ron?

- Pero eso ya lo cerraron... ¿o no ?

- No bromees con eso. No quiero recordar mi falta de empleo.

- Sabes que no te haría sentir mal con eso.

Anabelle se enderezó en su asiento para ver mejor el camino. Una estructura color lavanda se dejó ver. Sabía que ese era el antiguo Palacio del Ron. ¿Cómo no se había enterado que otro dueño lo había comprado? De ser así ya hubiese ido a pedir empleo.

Sin aproximarse más, Norman detuvo el auto y lo apagó. Ella lo miraba extrañada.

- Si te digo que haría lo imposible para merecer tu amor, ¿me creerías?

- No tendrías que decírmelo. Eso ya lo sé.

- Entonces no olvides jamás que a unos pasos está el lugar que me dio la oportunidad de conocer a la mujer más maravillosa del mundo.

- Lo recuerdo perfectamente. Eres un majadero. ¿No escuchas mis tripas sonar?

- ¿Qué le has pedido a Dios esta madrugada?

- Que pueda encontrar un empleo y que jamás te separaras de mí.

- ¿Crees que Dios te ha escuchado?

- No lo sé.

- ¿Quieres saber que he pedido yo?

- ¿Por qué no?

- Le he pedido ser parte de tu milagro cumplido.

- ¿Crees que te ha escuchado?

- Estoy convencido de eso.

Norman pegó un grito de júbilo que despertó a Raiza. Cargó en sus brazos a Anabelle como lo hace el novio de una pareja de recién casados y se dirigió hasta el antiguo Palacio del Ron, pidiéndole a esta que cerrara los ojos hasta que le indicase lo contrario.

Caminó hasta que se detuvo en la puerta principal del

local. El antiguo letrero de barra había sido sustituido por el nuevo nombre del local.

Norman la colocó tiernamente en el suelo y le pidió que abriera los ojos. Al hacerlo todos los empleados del local estaban de pie aplaudiendo.

- ¿Nos ganamos un premio?

- ¡Sí!- contestó Norman

Un trío de mariachis se acercó hasta ellos y les comenzó a cantar una letra titulada *"Si nos dejan"*. Aunque Anabelle seguía sin entender, estaba muy agradecida por el detalle. En ese momento Norman le explicó que ellos eran los nuevos dueños del local. Le explicó que era la nueva administradora de *"Café Amor"*. En medio del grupo de empleados, Chary levantó su mano para saludarla a lo lejos. Su cara indicaba que estaba al tanto de la situación. Anabelle leyó un cruzacalles que anunciaba la apertura del local ese mismo día. No podía con tanta emoción. Quiso empezar a hacer preguntas, pero Norman se lo impidió. Le dijo que no dañara el momento ya que lo hablarían con calma al llegar al hogar. Miró buscando a su hija, pero una mesera ya la había sentado en una gran mesa y tenía frente a ella un enorme plato de comida. Notó que los empleados eran sus antiguos compañeros del Palacio del Ron. Era bueno volver a verlos.

Antes de entrar a ese lugar tan familiar, le preguntó de dónde había sacado el nombre para el local.

- Cada café que tomes aquí te recordará cómo te conocí. Tendrá mi aroma y yo tendré tu sabor. Será mi promesa

de amor eterno e incondicional.

Anabelle no pudo evitar besarlo frente a todos. Raiza los miraba y les pedía que no la hicieran avergonzar. Jamás olvidaría ese momento compartido junto a él. Se sentía mucho más allá arriba del cielo y sus manos eran capaces de no quemarse al palpar el sol. Era como si tuviese el mundo a sus pies y la vida le sonriera mostrando cada uno de sus dientes.

Una pareja de ancianos que caminaban tomados de la mano, se les acercó para felicitarlos. Les desearon mucho éxito y salud. Para Anabelle y Norman, este par de longevos eran un perfecto ejemplo del poder del amor. Tendría que ser hermoso envejecer al lado del ser amado. La tolerancia los había llevado tan lejos que ahora se encontraban disfrutando los frutos de su amor. Ellos podían lograrlo. Anabelle entendía que los más difícil ya había pasado.

Después de la tormenta se avecinaba un mundo nuevo brillante que le sonreía. Sabía que podía acostumbrarse rápidamente a ser la nueva administradora de *Café Amor*. Su tarea sería mucho más entusiasta junto a Norman. ¡Wow! Esto sí era la gloria...

Cristina y Pedro se volvieron fieles clientes de *Café Amor*. Saboreaban siempre su taza de *capuccino* junto a unas calientes tostadas con mantequilla. Ese era su plato favorito. Anabelle se colocaba detrás de su mostrador para observarlos y disfrutar su amor. Estos no dejaban de sonreír y se veían muy fuertes aún a pesar de la edad. Chary se había encariñado mucho con ellos. Se peleaba la mesa con otras meseras para ser ella quien los atendiera cada mañana. Aunque no recibía propinas, era muy divertido escuchar cómo ellos se habían conocido y cómo aún seguían amándose tanto.

Cada viernes, Raiza preparaba su repertorio de canciones favoritas y las cantaba en la tarde. Siempre había tenido una melódica voz, pero solo cantaba en la ducha. A insistencias de su madre, decidió dar el gran paso de amenizar las tardes de los viernes. Esto había aumentado la clientela que asistía solo por escucharla. Tanto era el disfrute de su actuación que tuvo que sentarse a cumplir peticiones que le hacía su público. Cantaba baladas, tangos, blues...Todas las interpretaba muy bien. Tenía muchísimo talento. Anabelle se sentía elevada cuando la felicitaban por su maravillosa hija.

Norman comenzó a darse cuenta de la presencia de un jovencito que frecuentaba el Café. Hombre al fin notó que los ojos del chico se posaban sobre Raiza y que ella le correspondía con una coquetería infantil y elegante. Entonces decidió que él mismo le tomaría la orden para poder hablarle con disimulo.

 -¿Canta muy bien, verdad?

 - Es muy bonita su voz. Vengo por ella cada viernes.

 - ¿La conoces?

 - No, la vi una noche que vine a comer con mis padres. Desde entonces guardo cada dólar que gano podando césped y así puedo pagar mi concierto semanal. ¿Y usted por qué me pregunta todo esto?

- *Soy su padre. He visto como la miras. He visto cómo te devuelve la mirada ella.*

Aureliano cambió de color y sus mejillas se volvieron rojas como el fuego. No sabía dónde meterse. Pero esto era una conversación de hombre a hombre.

- *Disculpe si dije algo fuera de lugar, pero tiene usted una hija encantadora que canta muy bien.*

- *No te estoy regañando. Solo te estoy avisando que los estaré vigilando muy de cerca.*

Aureliano rio con timidez y le extendió su mano en una propuesta de paz.

- *Me llamo Aureliano. Es un placer conocerle. Tiene un restaurante y una hija espectacular. ¿Le molestaría decirme su nombre?*

- *¿Y eso para qué?*

- *Para poder pedirle permiso de visitar a su hija en la casa. Así no tendría que gastar el dinero que gano pagando sodas en este lugar para tener la excusa perfecta de verla a ella, sino que ahorraría para poder comprarle todo lo que me pida si me acepta como su amigo.*

- *Me parece que piensa usted como un hombre, pero está pensando demasiado ligero y debe ponerle frenos a sus ideas. Son muy chicos aún para andar pensando en salidas cuando ni tan siquiera conocen sus nombres. Me llamo Norman. Soy el propietario del lugar. Y, en cuanto a lo de visitar mi casa, lo voy a pensar un rato. Tendrás que seguir comprando sodas un tiempo más.*

Pasó su mano de modo amigable por la cabellera de Aureliano para despeinarlo y siguió camino al mostrador para seguir escuchando cantar a Raiza. Una mano lo detuvo.

- No sea tan cruel con el chico.

- ¿Es usted su madre?

- No. Venía hablar con usted. Escuché decirle al joven que es el propietario de este lugar. ¿Tiene un momento?

Norman observó que ella traía un sobre bajo su brazo.

- Dígame, ¿ha tenido algún problema con el servicio?

- ¡No! He comido aquí otras veces y son todos muy amables y serviciales. La comida es riquísima. Es que necesito empleo.

- Por el momento tengo todas las plazas cubiertas.

- Estoy embarazada y necesito trabajar. No tengo ingresos y el padre de mi hijo se ha ido.

- Disculpe la pregunta, pero ¿cuánto tiempo tiene de embarazo? Si no me dice que está esperando un hijo, esto no pasaría por mi mente.

- Acabo de enterarme. Apenas tengo tres semanas de gestación. Tan pronto mi novio lo supo, desapareció. Seré madre y padre para mi hijo. Este lugar me queda muy cerca de mi casa y sería muy puntual con los horarios de entrada. ¡Por favor, deme la oportunidad!

- La contratación del personal está a cargo de mi prometida. Es aquella que está allí en el mostrador. Diríjase a ella y dígale que la envié.

Sussie miró en aquella dirección y su cara delató su falta de agrado.

- Si no le molesta prefiero que sea usted quien me entreviste. Ya le he hablado y sería embarazoso tener que contarle mi problema nuevamente a otra persona.

- No es cualquier persona. Es mi prometida y es la administradora del lugar. Es muy profesional y como mujer sabrá entenderla.

- Disculpe que le insista, pero le ruego que sea usted.

Norman volteó sus ojos para arriba y sentía que la situación ya lo estaba incomodando. Sussie se dio cuenta de lo que estaba provocando.

- No hay problema. No quise molestarlo. Probaré suerte en otro lugar.

Esta se marchaba cuando Norman la detuvo. Sabía que esta decisión debía tomarla junto a Anabelle, pero la joven le dio lástima y sintió la necesidad de ayudarla.

- Tan solo déjeme dialogarlo con la persona que le indiqué y me pondré en contacto para dejarle saber la decisión.

Le hizo entrega de los documentos de presentación que tenía bajo el brazo. Sonrió con esperanza y se despidió. Norman tendría que justificar ante Anabelle esa acción para lograr ayudar a Sussie.

- ¿Viste la muchacha que se acaba de ir?

-Sí, ¿qué tiene?

- Vino a pedir trabajo.

- Tenemos todo el personal. No podemos darnos ese lujo. El restaurante va bien, pero aún está en marcha y nos va a tomar un poco de tiempo el poder estar mejor económicamente.

Norman buscó las palabras que hicieran entender a Anabelle el problema que tenía la joven. Para su sorpresa, ella comprendía lo que es la necesidad y no tuvo reparos en querer ofrecerle un trabajo a tiempo parcial. De acuerdo a su historial de empleo, gozaba del conocimiento que la ayudaría a adaptarse con prontitud en el Café. Se encargaría de su entrenamiento y le sacaría provecho a su desempeño para hacerla crecer. Era mujer como ella. Esa afinidad sirvió de gancho para que Sussie pasara a formar parte de su local.

En unas pocas semanas, la nueva dependiente manejaba muy bien cada detalle del trabajo. Sobresalía en sus labores. Norman había empezado a notar algo peculiar. Esta buscaba demasiados pretextos para tenerlo cerca. Se sentía incómodo al respecto, pero no tenía el valor de contarle a su novia lo que estaba pasando. Tampoco tenía motivos fuertes para creer que Sussie le estaba coqueteando. Si se le acercaba era para hacerle una que otra pregunta del trabajo o para pedirle ayuda al levantar una caja. Tenía que callar. Quizás eran solo manías suyas. La joven era muy guapa era muy guapa. Tenía unas curvas espectaculares. Tal vez el embarazo le estaba destacando sus encantos, aunque su barriga seguía sin dejarse notar. Se regañaba constantemente por encontrarse pensando en este tipo de cosas. Enfocar su mente en esto era igual a ser infiel. Pero para sus adentros, ¿Quién podría notarlo? ¡No! Eso no estaba bien. Él era el jefe y tenía que ser profesional. Finalmente, Anabelle era mucho más encantadora que ella. Físicamente le llevaba mucha ventaja. Era afortunado de haberla conocido. No se cambiaban chinas por botellas.

- *¿Distraído jefe?*- preguntó Sussie sin darse cuenta que era en ella en quien estaba pensando.

- *Sí. Tengo miles de cosas que hacer antes que termine el día. ¿Puedes decirle a Anabelle que me ayude con unas cuentas?*

- *Ella acaba de salir para hacer unas compras. Dijo que demoraría.*

Sussie se acercó demasiado a Norman. Su nariz estaba muy cerca de su cuello. Este se quedó petrificado.

- *¿Necesitaba algo?*

Su voz era muy sensual. Lo hacía a propósito. Estaba aprovechando la ausencia de Anabelle. De pronto sus labios rozaron la oreja de Norman y el contacto le produjo escalofríos. Sus manos temblaban y no podía detenerla. Separó su rostro del de ella un poco. Sin embargo esta no quiso captar el mensaje. El almacén era el lugar idóneo para lo que estaba ocurriendo. Se paró frente a él y lo atrajo hacia sí buscando que sus labios se depositaran en los de ella. Al lograrlo, su lengua cruzó las barreras y fue a parar en una boca que le pertenecía a otra. Norman intentaba pensar, pero aquella mujer sabía cómo besar apasionadamente. Quería que sus brazos la rodearan para sentir sus senos sobre él, pero una chispa de pudor aún estaba encendida. Ella era quien tenía el timón. El no daba pasos nuevos; solo se dejaba llevar. Entonces sintió como los dedos de Sussie bajaban la cremallera de su pantalón. Ya era demasiado. Si no la detenía terminaría dentro de ella en cuestión de nada.

Chary no pudo entrar al almacén porque sus ojos no querían creer lo que acababa de ver. Si hubiese permanecido allí dos segundos más, hubiese sido testigo de la forma brutal en que Norman empujó a Sussie para detenerla. Anabelle era su mujer. No había duda de eso, pero su asombro era tanto que huyó llorando al pensar que Norman le era infiel a su amiga. ¡Qué confusión generaría la debilidad de Norman!

-¡Detente! ¿Quién te has creído que soy? Amo a mi mujer y eso todos lo saben. No te he dado motivos para que pienses que quiero algo contigo.

- Pero fuiste tú quien hizo lo imposible para que trabajara aquí.

- Porque te tuve lástima por tu problema; por lo de tu embarazo.

- ¡No!... Ahora no quieras negar que me miras con descaro cuando paso frente a ti. Sé muy bien que te gusto. Lo he notado... Eres más amable conmigo que con las otras empleadas.

- ¿Acaso estás loca? Trato a todos por igual. Mis ojos solo

siguen a mi prometida. No quieras mentir para justificar tu atrevimiento. No quiero tenerte cerca un solo instante más.

- ¿Te atreverías a despedir a una mujer embarazada? ¿se te olvida que la ley me protege?

- ¡Mantente lejos de mí!

- ¿Qué pasaría si tu mujer se enterara? No lo viste, pero tengo testigos. No te pudiste percatar de la empleada que iba a entrar al almacén porque te tenía bien apretadas las pelotas y te lo estabas gozando. Ella disimuló y salió sin decir nada.

- ¿De quién hablas, maldita?

- De Chary. Pregúntaselo si no me crees...

- Con Anabelle no quiero entuertos. No cruces la línea y déjala fuera de esto que yo me encargo de explicarle a Chary y decirle la verdad.

Sussie reía viendo la frustración de Norman. Él no se atrevería a despedirla por miedo a que lo delatara. Ella pensaba que podía volver a someterlo a sus antojos y él caería porque lo seguiría amenazando con contarle a todos lo que estaba pasando entre ellos.

Chary se debatía entre contarle lo que había visto a Anabelle o no. Era su amiga y sentía que era injusto lo que acababa de ver. Su jefa se había portado como una hermana con Sussie. Le había dado empleo y así era que le pagaban. Norman se había portado como un patán. Ella no podía creer que fuera tan hipócrita de jurar que la amaba mientras

188

se dejaba arrastrar por aquella nueva empleada.

Norman trató de hablarle, pero ella le dijo que no quería explicaciones. A pesar de que él le rogó que no le contara nada a Anabelle, esta le dijo que no estaba segura de poder guardar esa información. No escuchó la verdad de Norman. No quería saber nada más. Lo visto era suficiente. Norman no merecía el perdón de su amiga, pero ella tenía que decidir si contarlo o no.

Anabelle entró cargada de bolsas. Había regresado de hacer la compra del Café. Norman corrió para ayudarla con la carga. Miró a Chary suplicando silencio con su vista. Esta se volteó y comenzó a barrer la alfombra.

- *¡Hola amor!. Disculpa que no te avisé que iba a salir al Mercado. Me dijo Sussie que me estabas buscando.*

- *Es que necesito tu ayuda con unas cuentas por cuadrar y así preparar los cheques para hacer los pagos correspondientes.*

- *Déjame los papeles sobre la mesa. Yo me encargo.*

Anabelle le dio un beso tierno, sonrió y dejó las bolsas en el suelo para que Norman las acomodara. No sospechaba la bomba que había acabado de ocurrir. Chary volteó para mirar a Norman y lanzarle un reproche.

El silencio comenzó a invadir "*Café Amor*". Sussie continuó laborando en el lugar, Chary seguía sin contarle nada a su amiga, y Norman, como es natural, estaba sufriendo de unas diarreas escandalosas por el miedo a ser descubierto. Todo lo demás seguía igual... ¿o no?

Cristina llevaba tiempo visitando sola el restaurante. Llegaba, pedía su café y pasaba horas mirando a través del cristal. No sonreía como antes y apenas se gozaba de los chistes de Chary. Desde el mostrador Anabelle la observaba y se preguntaba dónde estaría Pedro. La mesera vino a tomarle la orden de cada mañana.

-¡Hola Cristina! ¿Lo de siempre?

- Pedro dice que debes ir al doctor.

- Oh, Pedro. Dele saludo de mi parte. Hace tiempo que no le vemos por acá y ya lo estamos extrañando.

- Dice que te manda saludos también. También dice que vayas al doctor.

- Acabo de mandarle saludos. ¿Cómo pudo devolverlos tan rápido? No me haga trampa, Cristina.

- Él está al lado mío. Pedro se ha ido físicamente, pero no me ha dejado sola ni un solo instante. Insiste que debes visitar al médico.

Cristina pasaba su mano por su seno derecho mientras le insistía a Chary que fuera a ver al médico. Volvió a señalar su pecho.

- Dice Pedro que le digas al médico que te haga un examen. Ve una sombra en esa parte de tu cuerpo y dice que no es bueno.

Chary estaba muy asustada con la forma de hablar de Cristina. Fue a depositar el pedido en el mostrador donde se encontraba Anabelle. Esta había estado escuchando la conversación.

- ¿Dice que Pedro murió, pero que está ahí con ella?

- ¡Ay, Anabelle! Yo creo que a esta ancianita se le zafaron unos cuantos tornillos. Está insistiendo en que vaya al médico. Lo que falta es que me diga que Pedro ya me sacó la cita.

- No debes bromear con eso.

Anabelle recordó lo que había sucedido en España cuando su amiga Doris intentó contactar algún espíritu con aquella tabla de madera. ¿Será que los muertos a veces intentan comunicarnos cosas o que no nos abandonan? Lorenzo había querido decirle algo y ella se lo impidió. ¿Y si se trataba de Sergio? Ya era tarde para saberlo. Había huido y había perdido la oportunidad de saberlo.

- ¡No me digas que tú crees en el contacto con el más allá!

Anabelle hizo silencio y continuó mirando la mesa donde estaba sentada Cristina. Algo le decía que se acercara y platicara con la anciana.

Cuando la bandeja del café de Cristina estuvo preparada, Anabelle se le adelantó a Chary para hacer la entrega a la mesa correspondiente.

-¡Aquí tiene su cafecito como le gusta! Acabo de enterarme de su pérdida y le doy mi más sentido pésame.

-No le llames pérdida a lo que aún te acompaña. ¿Quién dice que mi Pedro se fue? Está conmigo a mi lado. Un amor

verdadero no se desvanece así porque si. Los amores eternos son como su nombre; para la eternidad.

-¡Qué hermoso pensar!

- *Tú también tienes un ángel que te acompaña. Pedro me dice que es muy guapo. Dice que es joven y que te mira con unos ojos llenitos de amor. Nunca se ha separado de ti. Te ha visto sufrir y quiere que seas feliz. Dice que aproveches esta vida próspera que te rodea y que la aprietes tan fuerte para que jamás se te vaya de las manos.*

Anabelle recordó a Jeremy. Ese hermano que tanto amaba y que la vida se llevó tan pronto. Sabía que él también la amaba. Entendía ahora que el amor prevalece.

A lo lejos, Norman se dio cuenta del llanto de su mujer.

- *No se puede amar a dos hombres a la vez. Deja que tu corazón, y no tu mente, te ayuden a decidir. Aprende a perdonar y todo continuará su curso. La vida debe continuar, no se lo impidas.* - dijo Cristina.

Estas últimas palabras no le hacían sentido a Anabelle. Nada de esto tenía que ver con Jeremy. Quizás Chary no se equivocaba al pensar que Cristina estaba un poco mal por la pérdida de Pedro.

Anabelle fue buscando refugio en los brazos de Norman. Le contó lo que Cristina había estado hablando con ella. Estaba muy abatida con lo escuchó. Todo esto hizo reflexionar a Norman sobre la fragilidad de la vida. Le afectó saber sobre el fallecimiento de Pedro. Admiraba mucho esa relación. Hoy estamos y mañana, no. Quería una eternidad para Anabelle y para él... ¿por qué no?

- ¡Quiero casarme contigo!

-¿Qué?

- ¿Quieres casarte conmigo? Dime que sí y te haré la mujer más feliz del mundo. Haré un paraíso de amor para cada uno de tus días. No me cansaré de decirte que unir mi vida a la tuya ha sido la mejor elección que he tomado. ¿Qué dices?

Chary dejó de pensar en su visita al médico cuando se percató que Norman le estaba proponiendo matrimonio a Anabelle. Era un atrevido que quería casarse con su amiga para hacerla infeliz mientras le seguiría siendo infiel con cada nueva empleada que llegara al Café. ¿Cómo podía estrujarse con una mujer que estaba embarazada de un tipo que salió huyendo al enterarse que iba a ser padre? Lamentaba que su amiga Anabelle fuera a sufrir nuevamente como lo había hecho cuando pasó por el terrible abandono de Sergio. ¡Malditos hombres! ¡Que se los lleve el demonio a todos y haga arder sus testículos en el infierno! ¿Qué clase de amiga era ella que no era capaz de salvaguardar a Anabelle por miedo a herirla? Ya que él no había tenido la valentía de hablar, entonces ella iba a tener que sacar su valor para impedir que su amiga cometiera el error de decir "Sí" en el altar.

Cercana a la conversación entre Anabelle y Norman se encontraba Sussie. Echaba humos por los oídos al escuchar lo que acababan de proponerle a su jefa. Pensaba que la vida era muy injusta al darle todo a algunas mujeres y a otras, no. Su hijo no merecía pasar penurias en la vida. ¿Su hijo?

...reía con esto. Norman era un buen candidato a padre. Anabelle era muy vieja para él. Dentro de pocos años él tendría que empezar a dar comida majada cuando esta se quedara sin dientes. Ella estaría mucho mejor a su lado. Pero él la había rechazado. No le quedaba otra oportunidad. Su mente le proporcionó la peor de las ideas.

- *¿Cómo te atreves a proponerle matrimonio a esta mujer? ¿Por qué no le cuentas sobre lo nuestro?*

Anabelle sintió un frío que le helaba la piel y miró a Norman en espera de que este le proporcionara una respuesta.

- *¿De qué rayos habla esta mujer?*- dijo Anabelle

- *Dile que me contrataste para tenerme cerca porque el hijo que espero es tuyo. ¿Vas a dejar que nazca sin un apellido?*

- *¡Cállate! No sabes lo que dices...No la escuches, Anabelle. Esta mujer está loca. Ese hijo que espera no es mío.*

-*¿Por qué quisiste traerla a trabajar aquí? ¡Dime maldito!*

- *Ya te lo dije. Sentí lástima por ella. Es todo.*

- *¡No te puedo creer una sola palabra, Sussie! Confío en Norman y sé que no sería capaz de hacerme algo tan sucio.*

En ese momento Chary decide intervenir en la conversación al ver que su amiga estaba cayendo en las mentiras de su novio.

- ¡Ella dice la verdad! Yo los vi una vez en el almacén. ¡Discúlpame Norman, pero sabes que yo fui testigo en aquella ocasión!

- ¿Por qué no me dijiste nada antes? ¿Qué amiga eres que me dejas como una tonta de la que todos se ríen?

-El me pidió que no te dijera nada. Le estaba dando el tiempo suficiente para que se armara de valor y te dijera la verdad, pero nunca lo hizo.

- ¿Ya ves que no estoy mintiendo? ¡Norman te ha estado engañado conmigo todo este tiempo!

Uno de los cocineros les interrumpe. Les pide que bajan la voz porque la clientela se está espantando por los gritos que se escuchan afuera en el salón. De paso le pide a Anabelle un minuto de su tiempo.

- Ahora no puedo. Lo que sea que necesites me lo dices luego.

- Anabelle, no soy yo. Es una mujer quien la busca. Dice que se llama Yalín.

Esto era lo que le faltaba. La ex amante de Sergio había venido al restaurante a buscarla. Anabelle salió para encontrarse con ella.

No vio a nadie. Ella ya se había ido. Sobre una mesa dejó un sobre que tenía su nombre. Sacó el contenido del sobre para comenzar a leerlo. Había dos cartas y una fotografía.

La primera carta era muy breve. La letra era de mujer.

Anabelle:

Si estás leyendo estas letras es porque no tuve el valor de enfrentarte. Solo quería entregarte la carta de despedida que una vez me dio Sergio cuando terminó la aventura que sosteníamos. Espero que te sirva para entender el gran amor que sentía hacia ti. Discúlpame por el daño que te causé al intervenir en su matrimonio. Aprendí mi lección. La foto en este sobre siempre estuvo en su cartera. No supo que por envidia, un día se la robé.

Yalín

La segunda carta era la que Sergio le había dado a Yalín. ¿Debería leerla? ¿Para qué? ...No resistió.

Yalín:

Si tu esposo te ama como yo amo a Anabelle, deberá tener su corazón en mil pedazos. Cometí un grave error contigo. Jamás pude sentir a tu lado la sensación de tocar el cielo con cada uno de tus besos. Tus caricias no llenaban los vacíos de mi alma y siento que me aproveché de ti para probarme a mí mismo que era capaz de vivir sin ella. Junto a mi esposa siento que respiro y que muero si me dejara por este estúpido error. El amor tiene nombre...Se llama Anabelle. Con ella soy otro hombre que jamás pude descubrir a tu lado,

Sergio

Rompió esas cartas y comenzó a gritar con locura en el estacionamiento.

- ¡Mentira! Nunca me quisiste. ¡Me abandonaste y no te lo perdono! ¡Ojalá y te pudras donde quiera que estés!

La foto que venía en el sobre cayó lentamente al suelo mojado. Con los ojos empañados por el llanto, Anabelle pudo ver su rostro en ella. Solo ella. Sergio no parecía en la foto. Se dobló para recogerla. En la parte posterior había un mensaje escrito con la letra de Sergio.

"El amor tiene nombre; se llama Anabelle"... Si alguna vez me pierdo hazme llegar a ella...

Mirando ese mensaje, sintió que un fuerte dolor de cabeza la debilitó y se dejó caer. . Se dejó caer...A lo lejos, estaba él. Estaba él. Estaba él.

Capítulo 7

La Demente

Cuando fue abriendo sus ojos creyó verlo y pronunció en un susurro su nombre.

- *Sergio, ¿eres tú?*- dijo Anabelle.

Al escuchar que su prometida pronunciaba un nombre que no era el suyo lo hizo debatirse en una gran histeria. ¡Tantos años y todavía pensaba en él!

- *Dale espacio, Norman. Lo que mi hija acaba de saber no es fácil. Fue todo de momento. Lo tuyo con Sussie, la confirmación de su gran amiga Chary, la llegada de una mujer que la hizo llorar tanto y para colmo, una carta de Sergio, de quien lleva tantos años sin saber nada. No es momento para que te hagas el ofendido porque en su desmayo te ha venido a confundir con Sergio.*

Norman se marchó y dejó a Anabelle en los brazos de su madre. Doña Violeta había llegado a socorrer a su hija porque Chary la había llamado para decirle que iba a necesitar tenerla cerca cuando todo el problema se hubiese calmado un poco. Jamás pensó que la mujer que estaba esperándola fuera del restaurante era la ex amante de Sergio. De haberlo sabido ella la hubiese acompañado para que no se hubiese enfrentado sola con tanto dolor.

Tan pronto Anabelle pudo ponerse de pie, su madre le

dio a tomar unos calmantes y le ofreció llevarla a su casa. Estando allí, Norman tendría la oportunidad de sincerarse. Era momento que Doña Violeta fuera sincera también. Se trataba de su hija.

Durante el resto del día Anabelle pidió no ser molestada. Le pidió a Raiza que no dejara a nadie entrar en su habitación. Necesitaba pensar. Ya llegaría el momento oportuno para retomar la plática con Norman. Todo en su momento. No quería presiones.

En el trabajo, este no pensaba en otra cosa que en la hora de salida. Pero iba a dar fin a unos detalles antes de irse a casa. Llamó a su despacho a Sussie. Le pidió a Chary que le sirviera como testigo, pues no quería más enredos. Le ordenó a la amiga de Anabelle que tomara notas de todo lo que se hablara en aquella reunión. Esa sería su evidencia en caso de que algo no saliera bien.

Norman colocó una carta sobre su escritorio y le pidió a Sussie que la leyera en voz baja.

- *¿Qué significa esto?*

- *Es tu carta de despido. A partir de este momento ya no laboras para mi restaurante.*

- *¡Usted no puede hacerme esto!*

- *Usted ha demostrado ser una mentirosa y ha levantado falso testimonio contra mi persona. Lléveme a los tribunales si le parece. Yo estoy dispuesto a asumir las consecuencias antes de tener que pasar un minuto más a su lado. Hoy ha puesto en juego mi relación con Anabelle.*

Ya no la necesitamos en este lugar.

- Chary nos vio aquella vez. Ella sabe que no miento.

- La puedo acusar de acoso. Usted se me insinuó y bien sabe que la detuve y guardé silencio porque me tenía chantajeado. No haga que siga sumando causas a la carta de despido. Creo que con estos argumentos tengo más que suficiente para ganarle cualquier caso. Y si dice que ese hijo es mío, a pesar de que jamás la he tocado, le exigiré una prueba de paternidad. Ya no le tengo miedo. Además, mire este cuadro. ¿Algo en él llama su atención? Supongo que no. Tras él, existe todo un sistema de cámaras ocultas. Quedó registrada toda nuestra conversación. Se ve claramente cuál es la verdad. No quiero dañar su imagen. No soy ese tipo de hombre, pero no permitiré que juegue con lo que más amo en el mundo. Decida si quiere complicar o no las cosas.

- ¡Te vas a arrepentir desgraciado! Esta humillación me la vas a pagar. ¡Serás mío o de nadie!

- Con esto acabas de lograr que pida una orden de alejamiento. Acabas de amenazarme públicamente. Tú misma te sigues hundiendo. Haga el favor de retirarse. Esta reunión finalizó. Chary, recoge sus llaves y acompáñala a la puerta de salida. Yo me encargo de lo demás.

Luego de escoltarla a la salida, Chary regresó a la oficina de Norman.

-Te quería pedir disculpas por confirmar la información que le di a Anabelle sobre Sussie y tú. Con lo

que acabas de hacer has quedado ante mis ojos como un hombre limpio. De haber tenido algo con ella no la hubieses despedido de esa manera. Me queda claro que lo del bebé era una mentira para lograr quedarse contigo. Trataré de hablar con Anabelle para que entienda que todo ha sido un malentendido.

- No te preocupes Chary. Los asuntos de pareja se resuelven entre dos. Ya buscaré la forma de que ella me entienda y comprenda la verdad de todo este asunto. Ahora no te pido que me veas como tu jefe. Acéptame un consejo como amigo.

-¿A qué te refieres?

-Tómate el día de mañana libre y ve y visita al médico. Déjame saber luego lo que te ha dicho el doctor.

Chary abrazó a Norman. Sus ojos comenzaban a humedecerse.

- Iré con el doctor.

Ese día estaba por culminar, pero lo peor para Norman estaba por comenzar. Llegar a su casa significaba tener que enfrentar a Anabelle. Aunque estaba tan claro como el agua temía a que ella no quisiera ver la verdad. Temía a perderla y no volver a probar el sabor de sus besos. No debía, pues nada tenía que temer. Tomaría el camino largo para poder escoger con cautela las palabras que usaría en su defensa. La suerte estaba echada.

Mientras tanto, en su casa, ella estaba llena de tristezas. ¿Cómo no pudo darse cuenta antes? Tanta perfección no podía ser eterna. Todo lo perdía otra vez. Tal parece que su destino estaba ligado a la infelicidad. Su madre le decía palabras que no la llegaban a consolar. En ese momento se escuchó el sonido de la puerta de entrada. Norman acababa de llegar.

- *Tenemos que hablar-* dijo él.

- *Si me disculpan, yo los dejo a solas-* así se alejaba Doña Violeta con la intención de no estorbar, pero de permanecer cerca por si su hija llegaba a necesitarla.

Anabelle no emitía palabras. Solo dejaba que Norman dijese lo que tenía que decir. El juicio final lo tomaría ella, pero necesitaba estar atenta a cada detalle y gesto de su pareja para saber, por medio de sus ojos, si su mirada era sincera. No se sorprendió cuando escuchó sobre el despido de Sussie. No era para menos una decisión así. Cuando supo la reacción que Chary tuvo ante el despido, supo que su amiga estaba arrepentida de haber acusado a Norman ante ella. Si esto era así, probablemente ella también se estaba precipitando al juzgarlo.

- *No sería tan estúpido de destruir mi propia felicidad. ¿Quién gana la lotería y la reparte al viento? Tú eres mi premio mayor y me hace afortunado tenerte. Sin ti sería el hombre más pobre en el amor. No me creas capaz de traicionarte. ¡Por Dios, Anabelle, tienes que creer lo que digo!*

Norman sentía que estaba hablando con una pared porque esta seguía sin reaccionar ante su monólogo. ¿Qué tendría que hacer para romper esas murallas que lo distanciaban de ella?

Aquella conversación parecía haber quedado en el olvido. Pasaban las horas y los días sin que Anabelle hablara. Todos estaban muy preocupados. Apenas comía. No salía de su habitación. Doña Violeta, quien no se había separado de su hija, supo que era el momento de sincerarse también. Quizás en ella estaría el cambio de su negativa y recobraría la paz.

Chary se convirtió en la asistenta de Norman en virtud de la ausencia de Anabelle. Llevaba muchos días muy triste. Entonces decidió hablar con su jefe.

- *Norman, hoy es mi último día en "Café Amor". Tengo mi pasaje de ida. Es necesario que parta prontamente.*

- *¿Hay algo que no me has dicho? ¿De qué se trata todo esto? Si es por el problema que hubo hace poco, no debes de ser tan drástica en tu decisión. No tengo rencor ni nada parecido.*

- *No es eso. Fui al médico. Tengo cáncer. Ya no hay nada que hacer. Esperé demasiado tiempo. No es mucho tiempo con el que cuento y viajo a Estados Unidos para otorgarme calidad de vida por lo que me resta. ¡Lucha por Anabelle, la vida es corta como para andar peleados! Despídeme de ella, no quiero que se afecte más con mi problema. Dile cuánto la quiero.*

Norman la abrazó. No pudo decir nada, pero su empatía con el dolor de Chary era evidente. De este modo, se despidieron dos seres humanos más en este mundo. Esto le confirmaba a Norman que no podía dejarse vencer. Tenía que luchar y lo haría. Este mundo es para los vencedores. ¡Esta misma tarde querría una respuesta de Anabelle o se marcharía para siempre de su vida!

Doña Violeta daba vueltas de un lado para otro. No sabía cómo empezar. Le resultaba difícil hablar con su hija de algo que probablemente le cambiaría la vida para bien o para mal. Se acercó a la cama de Anabelle.

- *Hija mía. En la vida todos cometemos errores. Yo he cometido uno enorme contigo. Espero que algún día me perdones.*

Los ojos de Anabelle se abrieron grandemente con curiosidad. Observaba las manos de su madre temblar. Se incorporó para estar atenta. Violeta continuó su discurso.

- *Un maravilloso día llegaste a mi vida. Pero no llegaste sola. Dios me había dado un regalo doble. Tuve dos preciosas niñas. ¡No tengo justificación para lo que hice!*

Lágrimas de amargura salían de los ojos de Violeta. Intentaba hablar, pero un fuerte dolor la abatía y la hacía detenerse por momentos. Sus sollozos quebrantaban el alma de Anabelle.

- *Los médicos me dijeron que tu hermana había nacido muy enferma. Era su corazón. Toda la vida iba a tener problemas cardiacos. ¡Eso me asustó bastante! No me sentía preparada para enfrentar algo así. Siempre había soñado con hijos saludables. Creía que no merecía vivir atada a esto.*

- *¿Qué hiciste mamá? ¡Habla por Dios!*- gritó Anabelle.

- *Había quedado muy débil en este parto. Apenas tenía fuerzas para amamantarlas cuando las enfermeras las* llevaban a mi habitación. Tu padre estaba de viaje. No estuvo presente en el momento del parto. Fue una sorpresa tener un embarazo era doble. Era una información de la cual solo disfrutaba yo. Económicamente estábamos muy mal. El dinero nos faltaba día a día. Los tratamientos para tu hermana eran muy costosos. Corría el riesgo de morir si no era tratada. Tuve que tomar la decisión.

-¿Dónde está mi hermana? ¿Por qué me dices todo esto?

- La enfermera que atendió el parto era una señora muy amable. Le dije que no quería ser madre de un niño enfermo. Ella me dijo que no había podido tener hijos. Entonces le pedí que se hiciera cargo de la niña. Le pedí que no me contactara nunca más y que prometiera no contárselo a mi hija jamás. Tenía el corazón roto, pero pensé que era lo mejor para ella si quería que viviera. No dejé de pensar jamás en ella. Cada noche me dormía pensando cómo estaría, si sería feliz o si había muerto por su condición. Fui una cobarde. Mi deber era criarlas a las dos, pero solo me quedé contigo. Tu padre jamás supo la verdad. Eres la primera persona a la que le cuento esto.

- ¿Dónde está ella? ¿Nunca la buscaste?

- Te cuento esto por una sola razón. Te he visto sufrir demasiado y es hora que sigas adelante y te des una oportunidad. Yo aprendí a perdonarme con el tiempo y Dios me dio mi oportunidad.

- No te entiendo. Háblame sin dejar detalles.

- Ya estabas casada con Sergio. Un día fuimos al Centro

comercial a comprar un regalo para él. Llevábamos horas caminando de un lado a otro. Querías encontrar el regalo perfecto que lo hiciera feliz. En esa tienda por departamentos la vi. ¡Tan iguales y tan distintas! Tú, tan juvenil y tan rebelde. Ella, tan discreta y silenciosa. Muy clásica si la comparo contigo. Ella te miró y casi desmaya. Se miró en ti y no lo podía creer. También la vi y cruzamos miradas. Por un momento me alejé para ir hacia ella. Le di mi número telefónico y le pedí que callara, que ya habría tiempo de explicarle todo con calma. No quería enfrentarte en ese momento. Era una cobarde. No hubiese sabido qué decirle a ninguna. Esa misma tarde ella me llamó. Me contó que Luna, aquella enfermera que se convirtió en su madre, había fallecido. Antes de morir le había contado que era adoptada y que tenía una hermana gemela. Ella no tenía otra información. Fue el destino quien conspiró para que esa tarde nuestro encuentro se diera. Le dije que no sabías nada de esa historia. Ella no me odiaba. Llevaba tiempo buscándonos. Desde ese día mantuvimos comunicación.

- Mamá entiendo todo lo que has dicho hasta ahora, pero cómo piensas que esto me iba a hacer sentir mejor! Estoy peor que nunca.

- Cuando la conocí ella era una mujer casada al igual que tú. La única diferencia es que ella era muy infeliz en su matrimonio. Su esposo la agredía a causa de los celos mal infundados. Ady decidió dejarlo. Ya estaba harta de sufrir. Quería una vida nueva. Kevin no aceptada la idea de su separación. Comenzó a amenazarla con matarla si ella lo dejaba. No tuvo más remedio que huir. Se mudó muy cerca *de aquí. Cerca del lugar de donde había nacido. Así se lo sugerí yo. Pensaba que teniéndolas tan cerca, podría unirlas algún día. Kevin intentaba encontrarla, pero no lo lograba. Ni una orden de alejamiento lo detuvo. El maldito contrató un detective de quinta. Eso lo supe después. El investigador tuvo una pista. Esa pista fuiste tú. No había dado con el paradero de Ady, sino con el tuyo. Kevin enloqueció cuando pensó que su esposa lo había cambiado por otro: Sergio. Estuvo días persiguiéndote sin que nadie lo supiera. Averiguó cada detalle. Una noche cuando te dirigías al trabajo, él encontró el momento perfecto para acabar con el hombre que te hacía feliz. Te marchaste y él entró y tomó a Sergio desprevenido. Luego fue a tu trabajo. Quería acabar con Ady sin saber que eras tú. Quería cobrarle su traición. ¡Qué equivocado estaba! ¡Acabó con tu vida, y hoy, yo intento traerte de nuevo a la luz! ¡Anabelle, Sergio murió aquella noche de tu accidente! No te abandonó...tienes que dejarlo ir. ¡Tienes que dejarlo descansar en paz!*

Solo el paso del tiempo cura una herida así. Anabelle no podía creerlo, aunque sabía que al fin había encontrado la verdad. Pasó sus años intentando odiar a un hombre al culparlo de crueldad y abandono. Nadie quiso decirle la realidad porque aquella noche ella también estuvo a punto de morir y los doctores recomendaron no perturbarla con otro evento peor. Mintieron. Prefirieron hacerle pensar que ya no la quería. Prefirieron extender su penar por miedo a no hacerla enloquecer. Solo consiguieron crear en ella a la demente que inspiran estas letras. La que no se atrevía a continuar porque vivía aferrada al pasado. Le negaron el derecho de llorar a su amor. Prefirieron a la demente que se acobardaba y se negaba ante la esperanza de un mañana mejor. ¿Por qué? No lo sabía, pero era necesario continuar.

Anabelle tuvo el final de su historia. Escribió sin parar en su ordenador. Las piezas de su novela nacían una tras otra. Sabía que los pasos que escuchara ni las sombras que viera llegar eran las de Sergio. Este ya no estaba y no volvería a estar. Escribía y sus palabras eran libertadoras. Podía verlo todo con claridad. Ahí estaba su destino... ¿Podría descifrarlo hasta el final? ...

Una mañana soleada caminó al cementerio. Quería llorar en la tumba de Sergio. Merecía este adiós. El definitivo. Llevaba en sus manos una copia de su libro. Al fin encontró su sepulcro. Se arrodilló frente a él, lo acarició, depósito flores y lloró. Lo que pasó por su mente todas esas horas jamás lo sabré. Su libro estaba terminado. Lo dejó sobre la tumba de Sergio. Se levantó lentamente, se volteó, miró al cielo y sonrió. Sergio también lo hizo.

Yo estaba allí. La observé en silencio. Tomé su historia. La había titulado "*Cartas de una Demente*". La leí sin detenerme. Me tomé la libertad de hacerle varias anotaciones importantes. Conozco a Sergio y sé que fueron de su agrado. Seguramente también lo serían para Anabelle.

Amores como este, merecen más de una oportunidad sobre la Tierra porque no fueron creados para ser condenados por la maldad. Su ciclo girará hasta completarse, purificarse y triunfar. ¡Ley de vida, ley de Amor!

Epílogo

Han pasado siete años.

Mi madre ha sido feliz durante todo este tiempo. Norman ha sido feliz junto a ella. Han sido una pareja dignos de admirar. Ella tomo la decisión de unir su vida a la suya luego de que descubriera que Sussie jamás estuvo embarazada. Había mentido para obtener el empleo. Tuvo que desaparecer del pueblo al convertirse en la burla de todos.

Hoy es un día especial para mí. Me acompañan todos los seres que amo. Al igual que mi madre, creo que la vida me sonríe. Chary no está. Hoy nos mira desde el cielo. Yo también pude perdonar. Sergio no me abandonó. En su lugar nos había dejado a Norman que lo ha hecho muy bien. Este seguirá cuidando de mi madre porque hoy me toca cuidar de una nueva vida a mí. Aureliano y yo nos casaremos muy pronto. ¡No puedo ser más feliz!

Bliz también encontró su verdad. Sus pasos la llevaron de vuelta a la Iglesia. Descubrió que ya sanó su dolido corazón. Ahora vive predicando su testimonio. No necesita del dinero de un hombre, es rica con el amor de Dios. Hace viajes misioneros y se ha convertido en la madrina de mi bebé.

La vida da muchas vueltas. Yeida le dio una segunda oportunidad a Mateo. Espero sepa aprovecharla. Ella se ve muy feliz.

Doña Violeta ya es bisabuela. Está que explota de la felicidad. Promete y promete que cuidará de mi hijo. ¡Sé que será una excelente abuelita!

Tengo una tía hermosa. ¡Es idéntica a mi mamá! Ady y mami se conocieron. Se llevan muy bien. Mami intenta modernizarla, pero le está costando trabajo.

Aquí se acerca mamá. Viene loca por coger a su recién nacido nieto. ¡No quiere que la llamen abuela! No quiere sentirse vieja. Le he llamado Sergio. Ella aún no sabe el nombre de mi bebé. Lo toma entre sus brazos.

Anabelle sintió una brisa recorrer su cuerpo. Un aroma familiar inundó su nariz. Sentía un fuerte escalofrío. Pensó que era el frío del hospital. Pero miró sus ojos y lo entendió. Sergio la miraba. Allí estaba él. En sus pequeños ojos, muy adentro, estaba él. Estaba él....estaba él.

Agradecimientos

Completar esta novela es un propósito realizado, pero ningún logro es individual. De diversas maneras hay personas a tu alrededor que inspiraron cada palabra o te ayudaron al regalarte sus ideas.

Quiero agradecer principalmente a mi padre Victor Manuel Hernández Záyaz porque para él cada detalle mío era espectacular. ¡Gracias por vivir cada sueño tomado de mi mano, aun cuando tu presencia física no está a mi lado! Este amor no lo enfría la distancia. Simplemente vivo amándote... Amores como el nuestro merecen otra oportunidad y nuestro ciclo continuará hasta completarse, purificarse y triunfar...

A mi hija Adeily, quien ansiaba escuchar la lectura de cada capítulo nuevo que redactaba. A mi hija Nadya, porque lee solo para agradarme y refresca mis escritos con sus locas ideas. Ustedes son mi luz.

A Yamira Hernández por materializar mis sueños, aunque eso le cueste la vida. Mientras existas, jamás dejaré de tener una madre. Eres más que una hermana; eres mi luz.

Y finalmente, a mi esposo, quien se reía cada vez que me escuchaba hablar del contenido de mi libro y me instaba a terminarlo, a pesar de que jamás se sentaría a leerlo. Gracias a Fabiola Ávila quien dio vida con su arte a la Anabelle que había soñado...Eres una artista completa.

¡Gracias a todos los que me leen porque viajan conmigo a mundos desconocidos dándome la confianza de ser la capitana de sus lágrimas, alegrías y esperanzas! Espero no haberlos defraudado esta vez.